KB003946

문학처방전

인문약방에서 내리는

문학처방전

박연옥 지음

느린
서재

문학처방전, 한 사람을 위한 응원

나는 약국에서 일한다. 약사는 아니다. 대학에서 문학을 공부했던 나는 도서관에서 인문학 강의를 하기도 하고, 글쓰기 프로그램을 운영하기도 하지만, 약국에서도 일한다. 약국에서 내가 하는 일은 제품과 프로그램에 대한 홍보일이다. 홍보 담당까지 있는 약국이라니? 대형약국을 상상할 수도 있겠지만, 우리 약국은 작다. 언젠가 버스정류장에서 우리 약국보다 작은 약국을 봤는데, 그 작은 공간에도 빈틈없이 빼곡하게 쌓인 약들이 우리 약국보다 많왔다. 우리 약국은 병원 처방전을 받지 않는다. 대신 상담을 통해 질병에 대한 이야기를 충분히 나누고, 적절한 처방을 내린다. 그 처방이 약일 때도 있고, 생활습관 개선일 때도 있고, 휴식일 때도 있고, 공부일 때도 있다. 그러니까 우리 약국은 약을 팔 생각은 안 하고 '전지적 참견 시점'으로 뭔가를 자꾸 '작당 모의'하는 플랫폼이다.

약사를 포함해서 인문학 공동체에서 10년 이상 부대끼며 지내온 친구들의 '우당탕탕' 새로운 약국 만들기 프로젝트는 3년째(여기에 준비기간 1년 포함하면 4년째) 실험 중이다. 팟캐스트, 유튜브, 워크숍, 출장약국, 자기배려카페, 등산동아리, 10분 체조, 양생프로젝트, 글쓰기모임, 사주명리강좌, 신년캠프 등 여러 시도를 해봤다. 우리는 건강과 생활을 '시장'에 맡기지 않고 스스로 돌보기 위해 좌충우돌하고 있다. 우리가 진행했던 팟캐스트의 이름이 〈인문약방, 호모큐라스를 위한 처방전〉이다. 호모큐라스는 '스스로 치유하는 인간'이라는 의미이다. 병원과 약국에 가지 말고 자가 치료하자는 의미가 아니라 병원과 약국에 가더라도 치료의 '자기주도권'을 놓치지 말자는 의미가 더 크다. 그러려면 내 질병에 대한 이해가 있어야 한다. 그러한 질병이 생기게 된 생활습관에 대한 성찰도 필요하다.

문학처방전은 소설읽기를 좋아하는 내가 친구들의 질병에 도움이 될 만한 소설을 한 편씩 같이 읽어보자는 취지로 시작된 기획이다. 처음에는 디스크, 방광염, 고혈압 같은 질병을 하소연하는 친구들에게 맞춤한 소설을 찾아주기 위해 질병과 관련된 책들을 참고하기도 했다. 질병의 메커니즘을 이해할 필요가 있다고 생각했다. 그러나 곧 그러한 의학정보와 상식은 질병을 앓고 있는 사람들이 이미 기본적으로 알고 있는 사항이라는 걸 알게 되었다. 그보다는 그 질병이 시작되게 된 내력, 애로사항의 복잡다단한 측면들, 그 복잡다단한 애로사항들 가운데 지금 당장 시급히 해결하고 싶은 것은 무엇인가 추적해 가는 일이 우리가 만나서 할 수 있는 일이었다.

질병 이야기가 갖는 흡인력은 컸다. 고통은 힘이 세다. '나는 이것 때문에 괴로워'라는 이야기에는 샛길로 샐 여지가 많지 않았다. 우리는 만나자마자 곧바로 아주 생생하고 구체적이고 현실적인 고통 이야기로 빠져들었다. 사람들은 자신의 질병에 대한 이야기를 잘했다. 아무래도 나를 만나러 오기 전에 스스로 자신의 질병에 대해 스토리텔링해보는 시간을 갖고 오는 것 같았다. 준비된 이야기는 나와 이야기를 나누며 빈틈을 채워가기도 하고, 다른 시점으로 리라이팅해보며, 더 탄탄한 스토리텔링으로 만들어졌다. 우리는 세 번쯤 만나서 이야기를 나누었는데, 이 과정을 지켜보는 재미가 컸다. 이 시간을 보내며 내가 알게 된 것은 '이야기가 약이다'라는 사실이다. 내 질병의 미심쩍은 부분을 내가 스스로 정리한 이야기로 이해하게 되면 고통은 좀 줄어든다. 한 번쯤 이 점에 대해 충분히 생각하고 후련히 이야기했다는 사실이 스스로에게도 위로가 된다. 나를 괴롭히는 문제를 해결하지 못해도, 무엇이 문제인지 알아차리는 것만으로도 고통은 줄어든다. 고통은 무적이 아니다.

그간 썼던 문학처방전으로 책을 묶으며 살펴보니, '진심'이라는 단어가 자주 눈에 띄었다. 내가 이렇게 '진심'에 '진심'인 사람이었나? 스스로도 놀랐다. 그러나 왜 '진심'을 많이 쓸 수밖에 없었는지 곧바로 이해할 수 있었다. 질병에 대한 이야기는 고통에 대한 이야기이고, 한 사람의 고통에 대한 이야기를 들은 사람이 할 수 있는 일은 별로 없다. 거의 없다. 할 수 있는 일이라고는 '응원' 정도. 내가 할 수 있는 일은 진심을 다해 응원하는 일뿐이었다. 그런데 나는 어떻게 진심을 담아야 할까 고심하다 그냥 '진심'이라는 단어에 모든 응원을 맡겨버린 것 같다. '진심'이라는 단어가 있어 다행이다.

나와 이야기를 나눴던 '주인공' 한 사람을 위한 응원가를 세상에 내보낸다. 더 많은 주인공들의 질병 이야기가 더 많은 응원을 받았으면 하는 마음이다.

고통은 무적이 아니다. 이야기가 약이다.

차례

1부 누구나 어딘가 아프다

2부 이야기는 약이 될 수 있다

1부

누구나
어딘가
아프다

장르를
바꿔보자

만성피로 에

정세랑의 『보건교사 안은영』 을

처방합니다

워킹맘의 만성피로, 판타지 아니면 답이 없다

만성피로와 어깨 결림에 대한 처방전을 의뢰한 수연은 대
안 학교 과학교사이고 아직은 손이 많이 가는 초등학생 남
매를 키우고 있다. 하루가 24시간이 아니라 48시간이거나,
육아 도우미 AI가 개발되어 상용화되거나, 슈퍼 히어로급
초능력을 장착하지 않는 이상 이런 조건에 놓인 사람이 만
성피로를 호소하는 것은 너무나 당연한 일이다. 판타지가

아니면 현실에서는 답이 없다. 그래서일까? 수연과의 만남은 주객이 전도되었다. 그의 고충보다 내 흑역사에 대한 하소연으로 더 많은 시간을 보냈다. 수연은 학생들에게 인기 많은 선생님이라는 소문대로 내 이야기를 잘 들어주었다.

그날 나는 아이 둘을 낳고 뒤늦게 대학원에 진학했던 삼십 대의 날들이 떠올랐다. 석사과정생은 말 그대로 '과정'에 있는 사람이니 용빼는 재주가 있지 않고는 자료 검토든 글쓰기든 잘해낼 수가 없다. 교수님들은 가르쳐주는 것 없이 야단만 쳤고 수업 시간은 단체로 기합을 받는 시간 같았다.

석사과정 동안에는 아무리 정신을 바짝 차리고 준비해도 안목과 요령이 없기 때문에 '뻘짓'을 할 수밖에 없다. 그 무수한 헛발질을 거쳐 공부하는 사람이 되어간다. 나는 자책과 자학 없이 이 과정을 통과하는 사람을 보지 못했다. 당시 유치원에 다니던 아이들은 엄마가 바쁜 때를 귀신 같이 알고 다치거나 아팠다. 그 시절 나는 조금만 삐끗해도 와르르 무너질 것 같은 긴장감 넘치는 일상을 감당하지 못해 허덕였다. 지금도 그때를 생각하면 어깨가 뭉치는 것 같다.

수연은 자신을 '평가'로부터 자유롭지 못한 사람이라고 설명했다. 학생들을 평가할 때마다 자신이 그럴 자격이 있는 사람인지, 평가의 기준은 합당한지 스스로를 되돌아볼 수밖에 없다고. 그리고 자신이 생각하는 자아상으로부터 마음을 내려놓기 어렵다고 말하며 멋쩍어했다.

그건 아마도 수연이 그동안 자신에게 주어진 책무에 대해 좋은 성과를 내왔기 때문이라고 생각한다. 그런 점에서 수연은 '능력 있는' 사람이다. 좋은 성과를 내는 사람이야말로 성과나 평가로부터 자유롭기 어렵다. 몸이 고될지라도 조금만 애를 쓰면 더 나은 결과가 나온다는 것을 안다. 그런 상황에서 그걸 하지 않기는 힘들다. 자신이 좋아하는 일이라면 더 그렇다.

수연은 과학교사로서 학생들과 만나는 일을 좋아한다. 대안 학교답게 좀 더 창의적으로 학생들과 만나는 방법을 실험해 보고 싶은 당찬 꿈도 있다. 자신이 조금만 애를 쓰면 가능할 것도 같다. 그런데 어떻게 무리하지 않을 수 있을까? 문제는 '몸'이 하나라는 사실이다. 수연은 아침이면 커피로 잠을 깨우는 것, 일을 마치고 습관적으로 마시는 맥주가 문제라고 봤다. 하지만 나는 그것들이 있어 그나마 다

행이라고 생각한다. 커피와 맥주가 '하드캐리' 하고 있는 현
실에서 워킹맘의 만성피로는 판타지가 아니면 답이 없다.

'초능력자'도 충전이 필요하다, 『보건교사 안은영』

안은영은 유감스럽게도 평범한 보건교사가 아니었다. 은
영의 핸드백 속에는 항상 비비탄 총과 무지개 색 늘어나
는 깔대기형 장난감 칼이 들어 있다. 어째서 멀쩡한 30대
여성이 이런 걸 매일 가지고 다녀야 하나 속이 상하지 않
은 건 아니지만 어쩔 수 없다. 사실은 멀쩡하지 않아서겠
지. 안은영. 친구들에게는 늘 '아는 형'이라고 놀림받는 소
탈한 성격의 사립 M고 보건교사, 그녀에겐 이른바 보이지
않는 것들을 보고 그것들과 싸울 수 있는 능력이 있다.
언제부터였냐면, 원래부터라고 할까. 은영은 아주 일찍 자
신의 세계가 다른 사람의 세계와 다르다는 걸 깨달았다.
(중략) 열 살의 은영이 식탁에 앉아 시리얼을 말아 먹을 때
면, 벽 속의 아줌마는 조용히 웃으며 내려다보곤 했다. 그
눈길에 적의가 없었으므로 괜찮았다. 적의와 적의 아닌

것을 구분하는 감각은 은영 같은 사람에게 일찍 발달할
수밖에 없다.[1]

　정세랑의 장편소설『보건교사 안은영』에는 격무에 시
달리는 보건교사가 나온다. '보이지 않는 것들'을 볼 수 있
는 신비한 능력을 가진 은영은 그 능력 때문에 일상이 고
되다. 전문 퇴마사가 아니기 때문에 먹고 살기 위해 직업
이 필요하고 근무를 하면서 악귀도 물리쳐야 한다. 그녀의
핸드백에 들어 있는 비비탄 총과 플라스틱 칼은 장난감처
럼 보이지만 그녀의 기운을 받으면 강력한 무기가 된다.

　그러나 무기가 있다고 만사형통은 아니다. 비비탄 총은
하루에 스물두 발, 플라스틱 칼은 15분 정도 쓸 수 있다.
터키의 이블 아이, 바티칸의 묵주, 부석사의 염주 같은 신
령스런 물건을 갖고 있으면 무기 사용 시간을 더 연장할
수 있다. 하지만 근본적인 대책이 되지 못한다. 은영은 휴
무일마다 명승지를 유람한다. 사람들이 많이 가는 절을
찾아가 석탑에 손을 대고 '영빨'을 충전한다. 연인들이 자
물쇠를 채워둔 남산공원 철망을 순례하기도 한다. 다른
사람들의 간절한 소원이나 사랑이 은영에게는 휴대폰 '보

조 배터리'와 같다.

> 푹 자고 일어나도 충전이 되고 인표의 손을 잡을 때마다
> 도 충전이 되지만 명승지에서의 충전은 정말이지 질이 달
> 랐다. 일상의 충전이 휘발유 급유라면 고급 엔진오일 교
> 체 같은 것이랄까. 유통기한이 지난 티백과 다도 장인이
> 정성을 다해 우려낸 차의 차이랄까. 격무에 시달리고 나
> 면 독이 자주 오르는 은영은 늘 구석구석을 맑은 것으로
> 가득 채울 필요가 있었다. 특히 탑돌이 행사라도 하고 난
> 다음이면, 탑마다 번개를 저장한 것만큼 순도 높은 에너
> 지가 넘쳐서 은영은 열심히 훔칠 수 있다. 남의 소원을 훔
> 쳐서 살다니, 얼마나 이상한 인생인가. 은영은 자주 자조
> 적이 되었다.[2]

판타지 소설 『보건교사 안은영』을 읽으며 내가 놀란 것
은 초능력이 있어도 에너지 재충전이 필수라는 점이다. 소
설 속에는 능력 있는 의사가 나오는 에피소드가 있다. 살
고 싶은 사람들의 마음이 의사의 등에 탑처럼 쌓여 디스
크가 온다. 좋다는 시술을 가리지 않고 받아도 계속 재발

해서 고생하던 때에 은영이 의사를 도와주었다. 병원 복도에서 마주친 은영이 플라스틱 칼로 미친 듯이 등을 때렸더니 허리가 나았다. 놀라워하는 의사에게 은영은 충고한다. "일을 열심히 하는 건 좋지만 거절도 할 줄 아셔야 해요. 과도한 업무도 번거로운 마음도 거절할 줄 모르면 제가 아무리 털어봤자 또 쌓일 거예요. 노, 하고 단호하게 속으로라도 해보세요."

이쯤 되면 『보건교사 안은영』은 판타지 소설이라기보다 생활 건강 매뉴얼처럼 느껴진다. 악귀든 원한이든 스트레스든 떨어내야 할 것들을 제때 떨어내지 않으면 다 병이 된다. 어쩌면 은영에게 진짜 필요한 능력은 보이지 않는 것을 보고 그것과 싸우는 초능력이 아니라 방전된 에너지를 재충전하는 방법을 찾는 능력인지도 모른다. 이건 은영뿐 아니라 우리 모두에게 해당되는 이야기이다.

나는 많은 사람들이 그러하듯 여행을 가거나 산에 가는 것을 좋아한다. 여행은 1년에 한두 번쯤으로 자주 가지는 못 한다. 대신 집 앞 산에 오르는 일은 일주일에 한두 번 가능하다. 여행 가는 일보다 산에 가는 일이 일상적으로 에너지를 재충전하는 데 도움이 된다. 산에 가는 일보다 더 자주 할 수 있는 건, 아파트 뒤 베란다로 보이는 초등학교 운동장을 쳐다보는 일이다. 도로 건너편에 있는 운동장에서 들려오는 소리는 무슨 말인지 분간도 되지 않지만 아이들이 떠드는 소리는 그 자체로 명랑 쾌활하다. 간혹 반 대항 달리기라도 하는지 "아무개 이겨라! 아무개 이겨라!" 한목소리로 응원하는 소리가 들려온다. 그럴 땐 주방에서 설거지를 하다가도 자동으로 눈길이 간다. 잠시 후 "괜찮아! 괜찮아!" 소리가 뒤따라 들려올 때쯤엔 나도 모르게 피식 웃게 된다. 어느 편이든 지는 편은 꼭 나오기 마련이니까. 이건 한 번도 예외가 없다. "괜찮아! 괜찮아!" 한목소리로 외쳐대는 초등학생들의 '으리으리한 의리'에 힘입어 설거지하는 내 손에도 힘이 들어간다.

장르를 바꿔봐, 호러에서 소년만화로

"너는 말이야, 캐릭터 문제야."

"뭐라고?"

"장르를 잘못 택했단 말야. 칙칙한 호러물이 아니라 마구

달리는 소년만화여야 했다고. 그랬으면 애들이 싫어하지 않았을 거야. 그 꼴로 다치지도 않았을 거고."

(중략)

강선이 스케치 한 장을 내밀었다. 거기엔 교복을 입은 은영이 5등신 정도 되는 비율로, 치마는 좀 짧아진 채 그려져 있었다. 5등신이 기분 나쁜지 멋대로 치마를 잘라 먹은 게 기분 나쁜지 얼떨떨했다. 그 그림 속 은영의 한 손에는 무지개 깔때기 칼이, 다른 손에는 총이 들려 있었다. 은영이 뭐라 반응하기 전에 강선이 의자에 걸려 있던 커다란 가방에서 정말로 깔때기 칼과 비비탄 총을 꺼냈다. 낡고 흠집이 있는 게 분명 강선이 어릴 때 가지고 놀던 물건인 것 같았다.

"도구를 쓰라고, 멍청아."

"하."[3]

『지구에서 한아뿐』, 『피프티 피플』, 『옥상에서 만나요』로 이어지는 작가 정세랑의 시그니처는 판타지의 형식을 빌려 자신의 정치적 올바름을 담아내는 '믹스매치'에 있다. 정세랑은 코믹하고 황당한 설정이 가져오는 장르적 재미로 사회적 정의와 연대와 같은 공공의 가치를 포장한다. 그의 작품은 B급 공익광고 같은 신선함이 있다. 문학의 엄숙함을 덜어낸 그의 발걸음은 가볍고 경쾌하다.

'발랄함과 굳건함, 코믹함과 용감함'은 작가 정세랑의 이미지이기도 하고 소설 속 캐릭터 은영의 이미지이기도 하다. 그러나 은영이 처음부터 귀엽고 사랑스러운 여전사형 퇴마사였던 것은 아니다. 다른 사람들의 눈에 보이지 않는 것들을 보고, 알아들을 수 없는 말을 중얼거리는 아이는 '성장드라마'보다 '호러물'에 어울린다. 호러물 여자 주인공답게 청소년기를 왕따로 보내던 은영에게 한 친구가 조언한다. 인생의 장르를 호러가 아니라 소년만화로 바꿔보라고. 음산하고 칙칙한 소녀가 아니라 악당을 물리치는 여전사가 되라고. 소년만화가 갖는 장르적 쾌감과 가벼움이 은영이 짊어지고 갈 인생의 무게를 덜어냈다.

우리도 은영처럼 해보면 어떨까? 퇴마사라는 비운의 운명까지는 아니어도 우리 모두에게는 어깨를 짓누르는 짐이 있다. 비장하게 내 운명과 맞서 싸우겠다는 정도正道만이 길은 아니다. 정도로는 길이 보이지 않을 때, 정면으로 맞서기 힘에 부칠 때 우리에게는 사도邪道가 있다. 삼십육

계 줄행랑이 절체절명의 순간 목숨을 구하는 최고의 전술이 될 수 있듯이, 이제껏 써보지 못한 방책을 구사하는 것도 구제책이 될 수 있다. 그것이 '스타일 구기는' 방식일지라도.

워킹맘 수연의 만성피로도 '불량 교사' '불량 주부'라는 캐릭터가 살아 있는 코믹 장르로 풀어보면 어떨까? 학생들의 고민을 함께 해결해 주는 교사가 아니라 학생들에게 고민 상담을 일삼는 교사로. 엄마라기보다는 룸메이트에 가까운 가족의 일원으로. 자신의 캐릭터를 새로 설정하고 세계관을 구축하면 이제까지와 다른 '수연월드'가 만들어지리라. 요즘 유행하는 미스터리 장르를 선택하는 것도 나쁘지 않다. 도대체 수연의 정체가 무엇인지 양파 껍질처럼 파헤쳐 가는 스토리도 주위 사람들의 관심을 불러올 수 있다.

물론 쉽지 않다. 그래도 이런 헛소리에 어이없어하며 실소를 터뜨린다면 좋겠다. 피식, 하고 웃는 그 순간이 내가 수연에게 주고 싶은 '휴식'이었다는 것을 이해해줬으면 좋겠다. 피로엔 휴식이 답이다. 쉬어야 한다.

우리는 '다정한' 사람이
되기로 했다

화병 에

김금희의 『나는 그것에 대해 아주 오랫동안 생각해』 를

처방합니다

화병, 답답하고 섭섭하고 화가 난다.

우리 아파트 종이 배출일이 화요일임을 기억하는 일, 가족의 생일을 축하하기 위해 외식할 맛집 리스트를 뒤져보는 일, 코로나에 걸린 친구에게 기프티콘을 보내는 일, 카페에서 장시간 있기 위해 콘센트가 있는 자리를 골라잡는 일, 식당 키오스크 앞에서 메뉴를 고민하는 일 등 인생은 시시콜콜한 작은 일들로 이루어져 있다. 잘 쌓아올린 나

무토막들 가운데 한두 개쯤 빼버려도 굳건하게 버티는 젠가 게임처럼. 그러나 한두 개쯤 빼버려도 그만인 나무토막이 수북해질 때 젠가는 균형을 잃고 쓰러진다. 그러니까 티끌같이 작은 일들을 얕잡아보면 안 된다. 모든 일의 시작과 끝에는 티도 안 나는, 눈치도 못 채는 작은 틈과 균열이 있다. 그렇다고 강박증에 걸릴 필요는 없다. 약간의 주의력이 필요할 뿐이다. 나는 S와 세 번 만나는 동안 흔히 사소한 일상이라고 말하는 '사소함'을 오래 생각했다.

S는 '화병'으로 문학처방전을 의뢰했다. 화병의 증상은 가슴이 답답해지고 화가 치밀어 심장에 열이 오르며 온몸이 뜨거워지는 것이다. S에게 어떤 답답한 일이 있는지 이야기를 나눠봤다. S의 남편이 다니는 회사는 몇 년 전 본사를 지방으로 이전했다. 직원들이 대부분 본사로 옮겨갔지만 S의 남편은 서울에 남았다.

그는 이 결정이 그의 직장생활에 하나의 이정표가 되리라고 스스로 생각하고 있다. 다른 사람이 보기에 남편은 승진이나 일의 성취를 추구하는 사람으로 보이지 않을 것이다. 그가 서울에 남은 데는 S가 전업주부가 아니라 자기 사무실을 갖고 있는 전문직 여성이라는 조건이 영향을 미쳤다. 아내의 사무실과 딸의 교육을 생각할 때 지방으로 이사를 가는 건 불가능한 일이었다. 그렇다고 혼자 지방에 내려가는 것도 가족에게 좋지 않을 것이라 판단했다. 그는 사무실에서 유일한 맞벌이 부부이고 회식이나 갑작스런 일정 변경이 있을 때 아내의 스케줄을 고려해야 하는 고충이 있다.

남편과 S 사이, 심각한 문제가 있는 것은 아니다. 하지만 S는 남편과 많은 시간을 함께 보내고 싶어 한다. 이것에 대해 그와 공감대가 형성되길 바란다. 남편은 일보다 가족을 먼저 생각하는 사람이다. 그렇지만 가족과 함께 보내는 시간보다 자기 방에서 혼자 보내는 시간을 더 즐기는 것 같다. S는 시원스럽게 말하지 않는 그의 속을 잘 모르겠다.

가끔 만나는 친구 모임에서도 S는 답답할 때가 있다. 부동산, 주식, 사교육, 골프, 시댁 식구에 대한 성토로 매번 비슷한 레퍼토리가 반복되고, 시간이 아깝다는 생각이 든다. 다른 화제를 끌어오고 싶지만 친구들에게 S의 의견은 '배부른 소리'로 들린다. 자신의 능력으로 거의 모든 문제를 해결할 수 있는 S와, 남편과 시댁의 경제적 지원을 받아야 하는 친구들 간에는 분명한 입장과 태도의 차이가 있다.

S는 막연한 불안과 기대로 속 끓이거나, 문제 상황을 해결하지 않고 애매모호한 태도를 취하는 주변 사람들이 이해가 안 된다. 문제가 있으면 해결책을 모색하고 그에 따라 행동하는 S는, 그렇게 하지 않는 가족이나 친구들이 답답하다. 해결책을 말해줘도 그 말을 듣지 않고 고집부리는 모습을 볼 때면 심장이 뜨거워지면서 열이 올라온다. 불보듯 뻔한 실패가 반복될 때 화가 난다. 그리고 S의 조언을 귀담아 들으려 하지 않는 것 같아 섭섭하다. S의 진심이 무시당하는 것 같은 억울함도 있다.

S와 가족, S와 친구들 사이에는 '자기 확신'을 가진 사람과 그렇지 않은 사람 사이의 차이가 있다. S와 같이 명료하고 단도직입적으로 말할 수 있는 사람과 에둘러 말하거나 말끝을 흐릴 수밖에 없는 사람들, 이들은 어떻게 관계를 이어갈 수 있을까? 이걸 알면 S의 화병도 누그러질 수 있을 것이다. 그건 자동차 엔진오일 교체 시기를 까먹지 않거나 베란다의 양파가 뭉그러지기 전에 먹어 치우는 일처럼 눈에 띄지 않는 사소한 일일지도 모른다. 그래서 그 중요함을 잘 잊어버리고 놓치게 되는.

'나는 그것에 대해 아주 오랫동안 생각해'

자정 무렵 헤어짐을 통보받았다면서 그날의 아침 전체 회의부터 이야기를 시작하고 있었다. 회의 자리에서 이런저런 불운한 뉴스들을 들었는데 어쩌면 자정의 실연에 대한 일종의 복선이 아니었을까부터 시작해서 점심에 복국을 먹으러 갔는데 수조에 복어들이 불길하게 죽어 있었고 오후쯤에는 그녀가 자신의 SNS에 우리는 완전한 타인이다, 라는 말과 함께 셀피를 올렸으니 그러자 자기 마음이 얼마나 무참해지기 시작했는지. 그건 말 그대로 사족으로만 이루어진 길고 긴 사연이어서 나는 "그러니까 권태기를 못 이겨서 둘이 헤어졌다는 거지?"라고 정리하고 말았다.[4]

김금희의 짧은 소설집 『나는 그것에 대해 아주 오랫동안 생각해』의 이 부분을 읽으며 나는 웃음이 나오면서도 속으로 뜨끔했다. 실연의 상실감을 주저리주저리 곱씹고 있는 선배에게 후배는 "권태기를 못 이겨서 둘이 헤어졌다는 거지?"라고 싹둑 말을 잘라버린다. 후배에게는 이미 선배가 하고 싶은 말의 견적이 나오기 때문에 구구절절한 가슴 아픈 사연을 듣고 싶지 않다.

　내가 바로 그 후배 같은 사람이다. 나는 자주 상대에게 단도직입적으로 요점만 간단히 말해주기를 요청한다. 나의 요청에 대부분의 사람들은 조개처럼 입을 다물어버린다. 뭔가를 이야기하려 할 때 '기승전결' 없이 요점만 간단히 말해달라니 당황해서 입을 닫아버리는 것이다. 상대의 이야기를 듣기 싫거나 궁금하지 않은 것은 아니다. 다만 "사족으로만 이루어진 길고 긴" 스토리텔링의 러닝 타임을 견딜 수 있는 참을성이 없다. 이런 성질머리 때문에 나의 인간관계는 매우 좁다. 내가 놓쳐버린 것은 사족으로만 전달될 수 있는, 간단하지 않은 인생의 단면들이 들려주는 진심의 세계이다. 어느 순간, 나는 거두절미하고 전광석화처럼 빠르게 자신의 애로 사항을 곧바로 말할 수 있는 사람이 거의 없다는 사실을 뒤늦게 눈치 채기 시작했다.

　S를 처음 만났을 때 그가 나와 비슷한 사람이란 것을 단박에 알아봤다. "맞아요. 왜들 그렇게 자기 속을 얘기 안 하고 답답하게 구는지 모르겠어요"라고 맞장구 칠 뻔 했다. 그러나 나는 '격한' 공감을 자제하며 김금희의 소설을

읽어보자고 했다. 『나는 그것에 대해 아주 오랫동안 생각해』라는 제목은 나와 S 같이 매몰차 보이는 사람들 들으라고 '표나게' 정해놓은 것처럼 보였다. 출근길 김밥 포장마차에서 매일 마주치는 남녀의 아는 척할 수도 모르는 척할 수도 없는 애매한 친밀함, 마음이 떠난 연인을 붙잡기 위해 함께 갔던 행복한 파리 여행을 떠올릴 수 있는 '파리풍' 식당에서 오지 않는 연인을 기다리는 초조함, 장례식장에서 잘 모르는 사람끼리 주고받은 농담 때문에 누군가 상처받았을지도 모른다고 걱정하는 전전긍긍 등. 김금희의 소설은 초음파탐지기나 뇌파검사기 같은 특수 장비가 없으면 드러나지 않을 마음의 미세한 동요를 포착하고 있다.

　『나는 그것에 대해 아주 오랫동안 생각해』에 실린 짧은 소설 속에 뚜렷한 사건은 없다. 일상적인 에피소드 모음이다. 그래서 더 현실적이다. 인생이야말로 그날이 그날인 일상의 반복 아닌가? 김금희의 소설은 반복적 일상 가운데 사족처럼 느껴지는 사소한 다정함을 환기시킨다. 나와 S 같이 단도직입적으로 말하는 사람들에게 부족한 것이 바로 다정함이다. 우리는 그 미지근한 온기가 바꿔주는 공기의 변화를 잘 감지하지 못한다.

나는 지하철을 탈 때마다 문득문득 하는 생각, 대체 지하철의 이 빈 공간들이 어떻게 지상의 압력을 견디는가 하는 생각을 했다. 그런데 그것은 사실 빈 공간이 견디는 것이 아니라 지상이 빈 공간을 견디는 것이기도 했다. 그리고 그렇게 서로 견디고 있어야 이 도시라는 일상의 세계가 유지되는 것이고, 각별히 애정한, 마음을 준 누군가 우리 일상에서 빠져나갔을 때, 남은 고통이 상대와 유리된 오로지 내 것이 되면서 그 상실감을 견뎌내야 하는 것처럼, 그리고 상대 역시 견뎌야 완전한 이별이 가능한 것처럼.[5]

누군가의 '찌질함'에 대해 함부로 말하지 않고, 그 감정을 옹호해 주는 다정함이 김금희 소설의 강점이다. 「우리가 헤이, 라고 부를 때」에서 후배는 선배의 말을 싹둑 잘라먹기는 했지만 밤새도록 함께 술을 마시며 선배의 상실감을 위로해 준다. 누군가와의 헤어짐을 받아들이기 위해서는 그런 쓸모없는 시간을 보내야 한다는 것을 이해하는 사람의 배려이다. 김금희는 상실감과 위로를 도시의 일상과 그것을 견디는 지하의 공백으로 표현한다. 이로써 무표정하게 굴러가는 도시의 일상을 떠받치고 있는 이름 없는 사람들의 상실감과 공허감, 그것을 견뎌내는 안간힘과 애틋함을 동시에 드러내 보여준다. 무표정하고 냉담해 보이는 도시에는 사실 한숨이 폭폭 나오는 일, 마음대로 되지 않은 일과 더불어 그것을 알아봐주는 사람들의 다정함이 공존한다. "나는 그것에 대해 아주 오랫동안 생각해"라고 말하는 사람들 덕분에 도시는 마음 붙이고 살만한 곳이 된다.

적절한 격려와 존중이 느껴지는 온난한 답변

S는 오너 세무사이다. 한 번도 직장생활을 해본 적이 없다. S는 출산과 육아를 거쳤으나 일을 쉴 수 없었다. 회사에 고용된 세무사였다면 출산과 육아휴직을 신청할 수 있었을 것이다. 그러나 자기 사무실을 운영하니 오히려 더 쉴 수 없었다. S의 사정보다 고객사의 요청이 우선이기 때문이다. 5월 종합소득세 신고를 마치고 나면 동료 세무사들은 혹시 문제가 생기지 않을까 긴장한다는데, S는 그런 마

음은 들지 않는다고 했다. 충분히 자료를 검토해서 숫자를 맞추었고 숫자들이 보장해 주는 확실함을 S는 신뢰했다. 혹시 실수가 있더라도 그건 그때 가서 고치면 된다고 본다. 일에 있어서 S는 스트레스가 적은 편이다.

이런 자신감을 갖기까지 업무 전문성을 기르기 위해 많은 시간을 보냈을 것이다. 책임감 있는 오너가 되기 위해 포기해야 하는 개인 생활도 있었을 것이다. 물론 일은 S에게 만족스러운 경제적 보상을 돌려주었다. 직업의 세계에서 S는 운이 좋은 편에 속했다. 이 모든 게 쉽게 주어진 것은 아니다. 그러나 사람들은 S의 성취를 자격증 덕분에 따라오는 자연스러운 결과처럼 쉽게 생각할 수도 있다. S와 주변 사람들 사이에 소통의 잡음이 있다면 이런 입장 차이에서 발생하는 선입견 때문이 아닐까 하는 생각이 들었다.

"일이 생각대로 굴러 가지 않으면 얼굴에서부터 표시가 나요. 미간에 주름이 확 잡히면서 표정이 굳어져요. 엄청난 기억력으로 그간 쌓였던 안 좋았던 점들을 참지 않고 쏟아놓게 돼요."

"기억력이 나빠져야겠다."

농담처럼 들리겠지만 S와 나는 다정한 사람이 되려면

어떻게 해야 할까 생각나는 대로 떠들었다. 얼굴에 보톡스를 맞아 굳은 인상을 펴보겠다는 아주 현실적인 대책도 나왔다. 화를 내거나 싸늘하게 냉담해지는 것이 아니라 대화의 온도를 미지근하게 낮추는 것에 대해서도 심각하게 이야기를 주고받았다. 듣기 좋은 소리만 할 수 있는 게 아니니 지적할 사항이 있으면 딱 그만큼의 감정을 담아서 말해보자. 거기에 감정을 증폭시켜 폭주하지 말고. 물론 쉬운 일이 아니다. 이게 쉬우면 인간관계가 왜 어렵다고 하겠나? 그러나 그날 우리는 다정함과 온난함이 가져다주는 인간에 대한 존중과 예의에 더 방점을 두고 노력하기로 했다.

"사람들에게 섭섭한 게 있으면 쌓아두지 말고 '이건 섭섭해. 나도 좀 위로해 줘'라고 그때그때 말하는 습관을 들여봐요. 그렇게 했는데도 사람들이 S의 마음을 헤아려 주지 않으면 그때 화내도 늦지 않으니까."

이때 S의 눈에 눈물이 맺혔다. 많은 사람들에게 호통을 칠 수 있는 위치에 있고 그런 역할을 해왔던 사람이지만 S에게도 위로가 필요했다. 그간 S의 분노와 냉담함이 주변 사람들에게 불편함을 가져왔을지 모른다. 하지만 인간관계는 상호적이기 때문에 그 과정에서 S도 힘들고 외로웠을 것이다. 화병을 의뢰받은 나조차도 S에게 좀 더 다정한 사람이 되어 주변 사람들의 마음을 헤아려 보자고 권유했지, 그의 서운함을 읽어주지 못했다. 잘나가는 전문직 여성에게는 그런 마음이 없을 거라는 선입견 때문에 그의 속상함을 알아차리지 못했다. "한 인간의 삶에 대한 적절한 격려와 존중처럼 느껴"지는 "온난한 답변"을 나는 S에게 해주지 못했다.

이 글은 내가 S에게 보내는 사과 편지이다. 'S! 미안해요. S의 서운한 마음을 더 들어줬어야 했는데, 소설책 한 권 건네주고 끝내려 했어요. 또 봅시다.'

이런 반성의 순간, S는 '헤이!' 하고 내 마음에 들어왔다. 내가 무심히 놓쳐버린 S의 서운함을 떠올리며 또 놓치고 있는 사소한 일상은 무엇인가 두리번거려 봤다. 베란다에 있는 감자가 싹을 틔우기 시작했고, 목욕탕 비누가 습기를 머금고 퉁퉁 불었으며, 교통 범칙금 고지서의 납부기한을 넘겨 버렸다. 퇴근하고 돌아온 남편과는 더위를 핑계로 말을 하지 않고, 틀니를 한 친정엄마가 이 더위에 뭘 드시는지 살펴보지 않고 냉장고를 텅텅 비워두고 있다. 다정함은 아직 내 몸을 겉돌고 있다. 어떻게 해야 할까?

계절이 바뀔 때 친구의 SNS에 안부 메시지 남기기, 속상한 일이 있는 사람과 커피 한 잔 같이 마시기, 쏜살같이 나가는 말의 속도를 늦추고 상대의 말을 끝까지 듣기, 일단 이 세 가지를 해보려 한다.

1퍼센트의
빈틈을 위해

산후우울증 에

박상영의 『순도 100퍼센트의 휴식』 을

처방합니다

그녀의 독박 육아와 소설가의 번아웃

출산 27년 만에 나는, 산후우울증을 호소하는 그녀와 만났다. 이제 친정엄마표 산후조리의 시대는 끝났다. 산후조리원 동기 모임, 맘카페, '××상담실'의 전문가 컨설팅이 육아의 트렌드가 되었다. 내가 그녀와 출산과 육아를 주제로 함께 나눌 만한 이야기가 있을까? 그녀를 만나러 가며 떠오른 장면이 있다. 남편이 출근하는 모습을 아파트 베란다에서 하염없이 바라보던 모습. 남편이 아파트 정문을 통과해 버스 정류장에 도착하고 서울행 광역버스에 올라탈 때까지, 나는 보이지도 않을 것 같은 작은 아기의 손을 흔들며 베란다 창 앞에 서 있었다. 버스가 출발하고 나서도 한참 그 자리에 서 있었다.

아침이면 말쑥한 차림으로 출근하는 남편이 부러웠다. 매달 돌아오는 월급날, 그가 일해서 벌어온 돈을 집에서 노는 내가 써도 되나 싶었다. 아기와 단 둘이 하루 종일 시간을 보내는 일도 힘들었고 직장 없이 집에서 논다는 사실에 자격지심이 들기도 했다. 그때 내 친구들은 막 사회 초년생으로 돈을 벌어 쓰기 시작했다. 뭘 해도 시간이 가지 않고 해는 떨어지지 않았다. 해는 언제 지나? 이것만 궁금했다. 친구들은 아직 결혼과 출산 전이라 이 애매한 감정을 함께 나눌 상대가 없었다. 그때도 신문에 산후우울증으로 인한 자살 뉴스가 가끔 실렸다. 같은 사건을 두고 남편과 나 사이에는 감각의 차이가 있었다. 남편은 '이해하기 힘든 일'이라는 반응이었고 나는 '내게도 그런 일이 일어나지 않을까?' 하는 두려움과 공포가 있었다.

교사인 그녀는 갓난아기를 안고 이비에스EBS 인터넷 강의를 들었다고 했다. 육아휴직 기간 동안 수업 준비라도 해놓고 싶었단다. 자투리 시간을 이용해 엑셀 프로그램을 마스터해 보려 책도 샀단다. 아기가 '뒤집기'를 하는 순간 이 모든 계획은 수포로 돌아갔다. 뒤집고 기기 시작하는 아기는 한눈 팔 새를 주지 않았다. 그 다음 스텝은 집안일이었다. 머리를 써서 하는 일이 어려워지자 그녀는 청소와 요리에 '진심'을 담아봤다. 머리가 안 되면 몸을 쓰자는 전략이었다. 이 또한 오래가지 않았다. 집안일에 흥미를 느끼기 어려웠다. 그 다음은 운동. 아기의 밤잠이 길어지면서 밤에 공원에 나가 운동을 했다. 임신 중 늘어난 체중을 빼야 했지만 체중조절과 상관없이 운동을 하니 기분이 상쾌했다. 그러나 자다 깬 아이는 울어댔고 어쩔 줄 몰라 하던 남편은 그녀에게 밤 운동을 그만뒀으면 좋겠다고 말했다.

서른두 살에 동갑내기 남자와 결혼해서 1년의 신혼 기간을 보내고 서른세 살에 임신, 서른네 살에 출산, 곧이어 2년의 육아휴직. 결혼, 출산, 육아에 관한 그녀의 마스터플랜은 완벽했다. 모든 것이 계획대로 진행되었는데 막상 아기가 태어나자 엉망이 됐다. 출산 시 육아휴직 1개월을 받아 산후조리와 육아에 동참하겠다던 남편의 약속은 지켜지지 않았다. 갑작스레 산후 도우미를 구하기 위해 스마트폰 앱을 까는 일, 그때부터 독박 육아가 시작되었다. 왜 그녀의 남편은 출산의 경이로운 순간, 아기에 대한 무한 책임감과 이대로는 안 되겠다는 위기의식을 느끼며 '이직'을 결정했을까? 미스터리한 일이다. 그녀가 생각한 육아는 부부가 모두 육아휴직을 받아 함께 아기를 키우는 육아 예능 같을 거라 생각했다. 하지만 갑자기 장르는 미스터리 또는 호러물로 바뀌었다. 남편은 냉철하게 이직 준비에 들어갔고, 그녀는 남편의 변심과 배신에 치를 떨며 복수심에 불타올랐다.

2016년, 20대의 말미에 나는 작가로 데뷔했다. 말이 좋아 데뷔지 당시 내게 '글쓰기'라는 일은 돈벌이가 되어주지 못했고, 그 때문에 필연적으로 회사에 다니며 글을 써야만 했다. (중략) 그때 나는 지독한 불면과 과로에 시달렸으며 매일 5시쯤 일어나 출근하기 전까지 소설을 썼고, 덕분에 꽤 단기간에 책을 두 권이나 낼 수 있었다. 당시 평단과 일부 독자들은 나를 '유머와 페이소스의 작가'로 칭했다. "책을 읽다 소리 내 웃어본 적은 처음이었다"라는 독자평을 보며 나는 진심으로 행복했다. 타인을 웃겨주는 건 나의 숙명이나 다름없었기에.

회사에서 버는 돈보다 작가생활(과 그에 수반된 대외 활동으로)로 버는 돈이 더 많아질 때쯤, 나는 미련 없이 회사를 그만두었다. 만 3년여의 투잡 생활은 나를 훌륭한 고도비만인이자 불면증환자로 만들었으며, 정신건강의학과에서 장기간 치료를 받게 만들었다.[6]

박상영의 소설을 알게 된 것은 2019년 젊은 작가상 수상집의 「우럭 한 점 우주의 맛」을 읽게 되면서였다. 퀴어를 주제로, 그의 트레이드마크인 '유머와 페이소스'가 웃으며 눈물 글썽이게 만드는 매력으로 가득했다. 박상영은 유명해졌다. 연작소설 『대도시의 사랑법』이 부커상 후보에 올랐다는 소식이 들렸다. 이후 장편소설 『1차원이 되고 싶어』, 『믿음에 대하여』를 연달아 발표하며 유명세에 못지않은 생산성도 보여줬다. TV 예능에 출연해서 연예인과 어깨를 나란히 하는 진행 솜씨를 보여주며, 엔터테이너로서의 기량을 뽐냈다. 유튜브 시대에 최적화된 소설가라는 감탄이 나왔다. 나는 박상영이 '꽃길'만 걷고 있다고 생각했지, 그 꽃길에 고도비만, 불면증, 정신과 상담이 뒤따르고 있는 줄은 몰랐다. 그의 일상이야말로 '웃픈' 페이소스가 넘쳤다.

> 그럼에도 불구하고 나는 쉬어야 했다. 얼른 생각을 멈추고, 얼른 쉬고, 얼른 마음을 추스르고 빨리 다음 책을 써야만 했다. 다음 책 계약이 밀려 있었고, 연재도 해야 하고, 첫 번째 장편소설도 (매우 유려하고 재미있으며 작품성과 대중성을 고루 갖출 수 있게 잘) 써야만 했다. 그런데 도무지 방법을 알 수 없었다.[7]

이 부분을 읽을 때, 산후우울증을 호소하는 그녀가 떠올랐다. '번아웃'에서 벗어나기 위해 적극적으로 휴식을 취해야 하는 그와 산후우울증에서 벗어나기 위해 고군분투하는 그녀의 모습이 겹쳐 보였다. "얼른 쉬고, 얼른 마음을 추스르고 빨리" 목표를 향해 달려가는 성능 좋은 MZ세대의 모습이랄까? 이건 '꼰대' 같은 생각일 수도 있다. 이렇게 과로하지 않으면 성과를 낼 수 없는 시대와 사회를 탓해야 하지 않을까? 그들은 캠퍼스의 낭만이 아니라 촘촘

한 스펙 쌓기로 이십 대를 보냈다. 과로하지 않으면 뭐 하나 이루기 힘들고 그 부작용으로 과로하지 않으면 '심심하게' 느껴지는 교감신경의 교란이 일어나고 있다. 두 사람의 인생은 '열심'이 기본이었다. 열심이 아니면 허전하고 불안해지는 공통 증상을 보였다.

가파도까지 갔지만, 뜻대로 되지 않는

적극적인 휴식이 필요하고 곧 첫 장편소설 연재에 들어가야 하는 박상영에게 '가파도 레지던시'에서 상주 작가 제의가 들어온다. '그래, 충분한 휴식을 누리며 완벽한 장편소설을 쓰자.' 야심찬 포부를 가지고 제의를 수락하는데 입주 시기가 자꾸 늦춰진다. 레지던시의 수리 및 보수로 입주가 연기되기도 하고 팬데믹의 여파로 무기한 연기되기도 한다. 레지던시 사업 주체가 바뀌는 어리둥절한 일을 겪기도 한다. 그 사이 하루도 쉬지 못하고 장편 연재에 들어간 박상영은 또 다른 야망을 꿈꾼다. 장편소설을 출간하고 모든 홍보활동을 끝낸 뒤, 완벽히 탈진한 상태로 가파도에 들어가 "그 누구보다도 사치스럽고 고요한 휴식을 이룩하고 말리라!" 2021년 9월, 드디어 가파도 레지던시에 입주하게 되었을 때 그의 트렁크에는 마치지 못한 장편소설 교정지가 들어 있었다. 정말이지 인생은 뜻대로 되지 않는다.

『순도 100퍼센트의 휴식』에는 박상영이 가파도 레지던시에서 보낸 3개월이 기록되어 있다. 그는 "일은 서울에서, 잠은 제주에서" 자는 광활한 라이프스타일을 보여준다. 그가 의도한 것은 아니다. 교정 작업을 끝낸 장편소설이 출간되었으니 "책을 팔기 위해서라면 무엇이든 하겠다는 각오로" 서울로 날아가야 했다. 매체 인터뷰와 유튜브 촬영을 마다할 수 없었고 팬데믹 때문에 취소될지언정 북토크 행사 일정을 잡지 않을 수 없었다. 이런 우여곡절을 우당탕탕 겪느라 가파도 생활은 휴식에서 점점 멀어졌다.

11월 한 달 동안 나는 총 아홉 번 비행기를 탔다. 그중 일곱 번은 김포공항과 제주공항을 오갔고, 나머지 두 번은 제주에서 김해, 김해에서 김포로 가는 비행편이었다. 30인치짜리 트렁크에 온갖 살림살이를 싸서 갖고 다니다 손목이 상해버렸다. 타자를 칠 때마다 왼쪽 손목이 시큰거려 혹시 글 쓸 때 문제가 생길까 봐 걱정이 됐다. 정형외과에 갔더니 그냥 단순한 근육통이라며 물리치료를 해주었다. 그 후로도 손목은 자주 아팠다.

어쩌면 사는 건 몰랐던 통증을 늘려가기도 하며, 그 통증에 익숙해지기도 하는 그런 것일지도 모르겠다는 생각을 했다. 울적하기도, 담담하기도 한 생각이었다.[8]

그녀의 육아휴직은 올해로 2년차에 접어들었다. 올해 아기는 어린이집에 등원하기 시작했고 그녀도 자기 시간을 이용할 수 있게 되었다. 이때쯤, 그녀의 남편은 몇 번의 실패 후 이직에 성공해 교육 기간에 접어들었다. 교육은 재택근무로 진행되니 남편이 아기 어린이집 등하원을 맡고 그녀는 치질 시술을 받기로 했다. 이십 대에도 시술을 받았던 유경험자답게 그녀는 모든 것을 낙관했다. 시술은 간단하고 회복은 빠를 것이다.

물론 인생은 뜻대로 되지 않았다. 어린이집에 다니기 시작하면서 아기는 자주 감기에 걸렸고 어린이집에 가지 못하는 날이 많아졌다. 칭얼대는 아기를 어르고 달래려니 그녀의 몸은 회복이 더뎠다. 이 와중에 남편은 줌으로 진행되는 교육임에도 불구하고 원칙대로 책상 앞을 떠나지 않았다. 잠시 카메라 위치를 옮겨놓고 아기를 봐줘도 될 텐데 그러지 않았다. 이건 융통성이 없는 건가, 인정머리가 없는 건가? 어느 쪽도 그녀의 마음에 들지 않았다. 책상 앞을 사수하는 남편이 이기적이고 편협해 보였다. "지밖에 모르는 놈!"

체력이 바닥을 치니 한없이 무기력해졌다. 친구는 그녀에게 우울증 치료를 추천했고 그녀는 이 사실을 남편에게 알리지 않았다. 내 편이라 여겨지지 않는 남편에게 약점을 잡히고 싶지 않았다. 원하는 직장에 재취업한 남편은 아이를 위한다는 명분 아래 마음껏 '버닝' 하고 있다. 새벽 6시 30분에 일어나 출근하고 밤 9시가 넘어서 퇴근한다. 주말에도 사내 진급시험을 대비한 공부를 하고, 최근에는 투자 관련 책도 사들이고 있다.

그녀는 남편의 '버닝'이 퇴직 이후에나 멈춰질 거라 예측하고 있다. 그녀는 웃으며 말했다. "망했어요!" 상처받지 않기 위해 남편에게 기대하는 마음을 접는 게 나을 것 같다고. 그녀의 농담에서도 페이소스가 느껴졌다. 그녀 세대에게 결혼과 출산은 '선택 사항'이 되었다. 비혼과 비출산을 선택하는 사람들이 늘어나는 가운데, 결혼과 출산을 선택한 그녀에게 두 가지 일은 모두 큰 의미를 갖고 있다. 무엇보다 그들 부부가 '의지'를 갖고 결정한 '선택'이기 때문에 두 사람 모두에게 책임이 있고 함께 해결해야 한다고 생각한다. 그렇게 하지 않을 거라면 결혼과 출산을 왜 선택했단 말인가?

1퍼센트의 빈틈을 찾아라

『순도 100퍼센트의 휴식』은 여행과 휴식에 대한 책이기도 하지만 친구들과의 우정에 관한 책이기도 하다. 박상영만큼 위트 있고 재미있는 친구들 덕분에 그는 원하든 원치 않든 여행을 떠났고 빠듯한 일상에 '쉼표'를 찍을 수 있었다. 뉴욕에서 남해까지, 친구 따라, 또는 친구들의 등쌀에 떠밀려 다니며 그는, 그의 소설 속 인물처럼 쉴 새 없이 투덜거리고 문득문득 감동받는다. '예민 대마왕'에 엄살과 과장이 심한 그였지만 여행 중에는, 한순간에 걱정과 불안을 잊게 만드는 "순간의 반짝임"이 있었다. 그 현장엔 늘 친구들이 있었고 잊고 있었던 바람이나 간절함을 뒤늦게 일깨워 주기도 한다. "상영아, 나는 니가 이렇게 될 거라고 항상 생각해 왔다. 고등학생 때부터, 쭉." "우리 몬토크 가서 소원 빌었잖아. 그때 네가 작가 되고 싶다고 했었다."

어쩌면, 내게 있어 여행은 '휴식'의 동의어나 유의어가 아니라, 일상의 시름을 잊게 해주는 또 다른 자극이나 더 큰 고통에 가까운 행위가 아닐까? (중략)

이런 내가 여행을 통해 순도 100퍼센트의 휴식을 즐기기 힘든 건 어찌 보면 당연한 일일지도 모르겠다. 그래서 나는 마음먹었다. 완벽을, 완벽히 폐기하리라고. 지금이 아닌 언젠가, 이곳이 아닌 어딘가를 꿈꾸는 게 아니라, 그저 작은 빈틈을 찾아보리고. 단 1퍼센트의 '공백'이 주어지더라도 기꺼이 그것을 그러안고 즐길 수 있는 그런 사람이 되어보리라고. 휴식이라는 행위에 어떤 완벽을 기한다는 것 자체가 애초에 '휴식'과는 거리가 먼 개념일지도 모르겠지만 말이다.[9]

그녀의 결혼과 육아에도 1퍼센트의 빈틈이 있지 않을까 싶다. 그녀의 남편은 정말 자신의 계획대로 '버닝' 하기만 할까? 그들 부부는 남편의 퇴직 후에나 서로를 마주볼 수 있을까? 모든 게 그녀의 예측대로 흘러가지는 않을 것이다.

"최근에 회사에서 탁구 대회가 있었는데, 시험 공부할 시간을 빼서 탁구 연습을 하더라고요. 그때 알았죠. 남편도 일하는 것만 좋아하는 건 아니구나. 딴짓거리를 하고 싶구나."

그녀와 나는 세 번 만났다. 세 번째 만났을 때 그녀는 남편에 대해 달리 생각하게 된 점을 들려줬다. 그도 다니던 직장 근무를 계속하며 이직 준비를 하느라 신경이 곤두서 있었겠구나, 그도 아기가 태어나서 감격스러운 만큼 어떻게 준비해야 하는지 몰라 당황했구나 싶다고. 이제 원하던 대로 이직도 하고 새 직장 분위기에도 적응이 되었으니 그에게도 마음의 여유가 생기지 않을까 싶다고.

올해부터 그녀는 매주 일요일, 글쓰기 모임에 참여했다. 다른 사람의 결혼에 대한 고민을 들어보고 자신의 문제도 '거리를 두고' 바라보려 노력했다. 글을 쓰다 보니 감정적인 자신의 모습을 정리해 볼 수 있었고, 다른 사람들이 문제를 해결하기 위해 고군분투하는 모습을 지켜보는 것만으로도 힘이 되었다고 한다. "그간 너무 힘을 주고 살았던 것 같아요. 스스로 통제할 수 없는 상황을 두려워했는데 이제는 힘을 빼고 그냥 살아봐도 좋을 것 같아요."

이런 자신감은 어디서 나오는 것일까? 아마도 시술 후 취약해졌던 체력이 회복되어서 가능한 일인 것 같다. 그녀의 말처럼 글을 쓰며 생각을 정리했기 때문이기도 할 것이다. 이런 말을 할 수 있을 만큼 그녀에게 마음의 여유가 생긴 듯해 안심이 되었다.

그녀는 내년에 복직을 한다. '핑퐁핑퐁' 어디로 튈지 모르는 탁구공 같은 일들이 그녀의 결혼과 육아에 어떤 변수를 만들어낼지 궁금해진다. 학생과 동료 교사와 학교 행정 업무는 그녀의 변수를 더 복잡하게 만들어놓을 것이다.

가파도에 묵는 마지막 주, 나는 매일 산책을 했다.

며칠 만에 공기의 냄새가 바뀌어 있었다. 섬의 식생도 바뀌었다. 모르는 꽃과 빛깔이 생겨났다. 억새가 흩날리는 방향으로 바람이 불었다. 남쪽 섬이라 가을 겨울이 별로 춥지 않을 줄 알았는데, 바람이 제법 찼다. 오히려 서울보다 더 추운 것 같기도 해서 신기했다.

많이 쌀쌀하지만 걷기에 좋은 온도였다. 섬에 들어와서 처음으로 한마디도 안 하고 계속 길을 걸었다. 바다만 보고 있어도, 사방을 바라보기만 해도 온갖 감정이 피어올랐다. 아쉽고도 후련한, 말로 표현할 수 없는 복잡한 감정이었다.[10]

말없이 가파도의 공기와 꽃과 바람을 느끼는 박상영의 모습은 낯설다. 하지만 무어라 정리될 수 없는 감정을 그냥 느끼고 자신을 내맡기는 모습이 근사해 보였다. 이걸 느끼기 전에 '언어'로 포획해 버리는 것이 오늘날 우리의 감수성이다. 우리는 프레임 안에서 느끼고 지각한다. 프레임을 답답해하면서도 프레임을 찾지 못하면 당황한다. 당황스러움과 낯섦을 그대로 느껴볼 때, 그것이 무슨 의미인가 생각해 볼 때, 그렇게 시간을 들일 때만 알 수 있는 것들이 있지 않을까? 그런 것을 발견하는 재미를 그녀가 즐겼으면 좋겠다.

그녀에게는 육아휴직 2년의 혼돈과 격정으로 단련된

내공이 있다. 결정된 건 아무것도 없다. 1퍼센트의 빈틈을
찾아보자.

나의 '장인'에게 보내는
마음의 소리

고혈압 에
김초엽의 「나의 우주 영웅에 관하여」 을
처방합니다

'감정의 물성'을 읽다가

2002년에 개봉된 영화 〈마이너리티 리포트〉는 50년 후인 2054년의 미래를 보여준다. 50년이 지나지 않았지만 개봉 당시 가히 판타스틱했던 미래 기술들은 지금, 많이 상용화된 상태다. 생체인식기술, 멀티터치 인터페이스, 홀로그램, 증강현실, AI 안경, 자율주행차, 사물인터넷 등 영화적 재미를 가져왔던 미래 기술을 이제는 일상에서 쉽게 접할 수 있다. 물론 일상이 된 첨단 기술은 영화 속에서만큼 매력적이지 않다.

2019년에 출간된 김초엽의 소설집『우리가 빛의 속도로 갈 수 없다면』에서도 조만간 출시되거나 상용화될 것같은 미래 기술을 엿볼 수 있다. 인간 배아 디자인, 냉동 수면 기술, 웜홀 터널, '기쁨·슬픔·우울' 같은 감정을 담고 있는 팬시 상품, 죽은 사람들의 생애 정보를 데이터로 이식한 '마인드' 도서관 등 비교적 현실적인 SF 판타지를 보여준다. 그중 가장 빨리 상용화될 수 있는 것은 '마인드' 도서관이라고 생각한다. 빠른 속도로 매장에서 화장으로 바뀌고 있는 장례문화를 떠올려볼 때, 곧 납골당과 추모공원은 홀로그램과 가상현실로 대체될 것이다. 이것을 관리해주는 플랫폼이 등장하고 우리는 넷플릭스나 티빙처럼 정액제로 요금을 결제하게 될 것이다.

"감정의 물성?"

"그러니까 자기들 말로는 감정 자체를 조형화한 제품이래요. 종류도 꽤 많아요. 가장 기본적인 형태는 '공포체' '우울체' 하는 식으로 이름이 붙고, 파생되는 제품으로 비누나 향초, 손목에 붙이는 패치도 있고요. 지금 유진 씨가 구해 온 건 침착의 비누라는 건데, 진짜 비누처럼 써도 되지만 그냥 손으로 만지작거리는 것만으로도 효과가 있나 봐요. 10분 정도 사용하면 마음이 차분해진다고……."[11]

단편소설 「감정의 물성」에서 소개되고 있는 '이모셔널 솔리드'는 캔들 테라피, 건강 팔찌, 뇌파를 이용한 집중력 강화 프로그램 같은 상품을 떠올리게 한다. 한 알만 먹어도 하루 식사를 해결할 수 있는 알약을 누구나 한 번쯤 상상해 보았을 것이다. 사람들과 감정적으로 부대끼기보다는 제품으로 감정을 관리하고 싶다는 상상 또한 누구나 한 번쯤 해봄 직하다. 자신에게 필요한 차분함, 평온함, 기쁨 같은 감정을 필요에 따라 손쉽게 사용할 수 있다면 인류의 행복에 기여할 기술이라 할 수 있다. 그런데 소설은 예측대로 흘러가지 않는다. 사람들이 긍정적인 감정보다 부정적인 감정을 더 많이 소비하니 말이다. 왜 사람들은 우울의 감정에 머무르고 증오의 감정을 가지고 싶어 할까? 이런 질문을 던져야 소설이 된다.

「감정의 물성」을 읽으며 머릿속에 한 사람이 떠올랐다.

탈모를 예방해 주는 한방 샴푸, 여드름 치료에 좋은 어성
초 비누, 화상이든 자상이든 모든 상처에 '직방'인 자운고,
화학제품을 섞지 않은 스킨과 로션 등. 내가 쓰고 있는 생
활용품 가운데 많은 것이, 한 사람이 만들어준 것이다. 누
군가 무엇이 필요하다고 하면 그는 이 궁리 저 궁리를 해
서 딱 맞춤한 물건을 만들어준다. '지영 립밤' '정우 선크림'
처럼 주문한 사람의 이름으로 라벨을 붙여 세상에 하나밖
에 없는 물건을 만들어주기도 한다.

그는 꼼꼼하고 자상하고 시크하다. 그가 만들어준 물건
을 쓴 다음부터 나는 마트에서 파는 제품을 사용할 수 없
게 되었다. 뭔가 개성 없고 느낌 없는 물건에는 손이 안 가
는 '고급 취향'이 생겨 버렸다. 그가 만들어준 물건은 나에
게 감정을 촉발한다. 마트 물건에서는 느낄 수 없는 각별
한 감정을 불러일으키고 사람들 사이에 오가는 신뢰감을
말이나 관념이 아니라 '물성'으로 체감하게 해준다. 그 물
건들을 쓰며 그의 손끝에서 나온 살뜰함과 따뜻함을 느낀
다. 고맙고 감사하다. 그러나 가끔은 그가 과로하는 게 아
닌지 걱정이 된다. 소설은 아니지만 그와 나의 이야기도
순탄하게 흘러가지만은 않는다.

장인의 직업병, to be or not to be

그는 고혈압 진단을 받았다. 그는 음주, 비만, 당뇨, 짜게 먹는 식습관 등 고혈압의 원인이라고 알려진 생활습관과는 거리가 아주 멀다. 병원에서도 그의 고혈압이 일반적이지 않다고 진단했다. 그의 혈압은 아주 높은 편은 아니어서 약을 먹으면 곧 정상 혈압으로 떨어졌다. 그래서인지 그는 고혈압이라는 진단에 의구심을 갖고 있다. 현재로서는 어떤 원인인지 알 수 없지만 그 증상으로 혈압이 불규칙하게 오르내린다고 본다. 그러니 지금 중요한 것은 치료가 아니라 원인을 파악하는 것이 우선이다.

그는 매사에 허투루 넘어가는 게 없는 꼼꼼한 사람이다. 어떤 물건을 만들든 집중해서 야무지게 마무리한다. 무언가를 만들어야 할 때 그는 방법을 찾을 때까지 몇날 며칠 잠을 안 잔다. 나는 이 꼼꼼하고 야무지고 집중력 있는 태도가 걱정스럽다. 고혈압은 증상 자체보다 그로 인해 발생하는 합병증과 후유증이 더 위험하다. 고혈압은 뇌출혈, 심장병, 신장병 등 합병증을 초래하며 가장 높은 치사율을 보이는 주요 원인 질환이다.[12] 고혈압은 그 자체로 심각한 증상이 아니지만 대수롭지 않게 여길 때는 심각한 문제가 될 수 있다. 나를 비롯한 주변 사람들은 그가 고혈압 약을 챙겨 먹으며 과로하지 않는 수준에서 스케줄을 조절했으면 하는 바람이다.

"나 요즘은 잘 자. 옛날처럼 잠 안 자며 일하고, 그러지 않아. 내 생각에 혈압은 코 때문인 것 같아. 어렸을 때부터 코가 좋지 않았어. 축농증과 비염도 있었고. 환절기나 습한 날씨일 때 코가 더 안 좋아지는데 요즘 날씨가 딱 그랬잖아. 코 정밀검사를 받아봐야겠어."

그는 요즘 '코'에 집중하고 있다. 자신이 납득할 만한 원인을 파악할 때까지 그 생각을 놓지 않을 것이다. 나는 이 완고함이 고혈압의 원인이 될 수 있다고 생각한다. 관련 서적을 찾아보니 우리 몸이 매우 민감하다는 것을 알 수 있었다. 우리는 운동을 하거나 긴장할 때 심박수가 증가하는 것을 느낄 수 있다. 건강한 사람도 이때 일시적으로 혈압이 올라갔다가 잠시 후 정상으로 돌아온다. 운전을 할 때도 평소보다 주의 집중해야 하기 때문에 혈압이 올라갈 수 있다. 또한 사고의 위험을 감지할 때는 정상범위를 넘어설 수 있다고 한다. 계절의 변화에 따라서도, 하루 중 시간대에 따라서도 혈압은 민감하게 반응한다. 수면 중에는 모든 대사가 느린 속도로 진행된다. 수면에서 깰 때는 그런 느린 속도에서 활동 모드로 전환해야 한다. 이런 순간이 혈압이 오르는 지점이다. 이때 과속과 정체가 일어나지 않도록 적절히 속도를 조절해 주면 큰 문제가 발생하지 않는다. 우리의 몸은 리드미컬하다. 이 리듬을 잘 타는 게 건강 비법이다.

나는 그에게 "근면 성실하고 꼼꼼하며 책임감이 강한 사람, 자신에게 엄격한 사람은 알게 모르게 스트레스를 많이 받고, 그게 고혈압의 원인이 될 수 있대요"라고 말하지 못했다. "조금만 대충 하면 안 될까요?" 장인인 그에게 이런 말은 씨알도 안 먹힌다. 고집과 완고함은 그의 미덕이다. 이런 고집과 완고함이 없다면 비누든 샴푸든 제대로 만들어지지 않는다. 여기에 딜레마가 있다. 그의 미덕이 곧 그의 직업병이다. 한쪽 팔이 길어질 수밖에 없는 투수나 오탈자만 보면 빨간 펜으로 수정해야 하는 교정 편집자처럼 장인인 그에게도 그만의 직업병이 있다.

나의 '장인'에게 보내는 마음의 소리

재경이 최후에 그런 선택을 한 이유에 대해서도 많은 추측이 오갔다. 칼럼과 분석 기사도 쏟아져 나왔다. 대부분은 최재경이 막대한 부담감을 이겨내지 못했을 것이라고 추정했다. 재경은 당시 유일한 여성, 동양인, 비혼모라는 눈에 띄는 특성들을 가지고 인류를 대표하는 자리에 올라야 했는데, 그녀에게 향하는 엄격한 검증의 시선들을 감당하기에는 재경의 그릇이 그만큼 크지 않았고 압박감을 이기지 못한 나머지 결국 자살했을 것이라는 주장이었다. 그런 주장들은 인류를 대표하는 자리에 안정적인 배경과 건강한 몸과 마음을 가진 사람들을 적절히 선발하여 배치하는 것이 얼마나 중요한지를 거듭 말했고, 결국 이 '최재경 참사'가 인재를 적재적소에 제대로 발탁하지 못해서 일어난 인재人災라는 식의 결론으로 이어졌다.[13]

「나의 우주 영웅에 관하여」는 우상의 자살 이유를 탐문해 가는 소설이다. 웜홀 터널을 이용해 우주 저편으로 가는 최초의 우주인 후보 가윤. 그는 자신에게 우주인의 꿈을 불어넣어 주었던 재경의 자살 소식을 뒤늦게 전해 듣고 놀란다. 매사에 도전적이고 맡은 일에 최선을 다하며 책임감 강한 재경이 역사적인 순간에 도망쳤다는 사실이 납득되지 않는다. 가윤은 재경과 같은 방법인 사이보그 그라인딩 기술을 통해 웜홀 터널을 통과하는 훈련을 받으며 재경이 느꼈을 신체적 변화에 대한 감각을 체험한다. 그리고 소수자 여성에 대한 사회적 편견과 부담감을 조금씩 이해하게 된다.

"최재경은 한순간도 망설이지 않았어. 마치 아주 오랫동안 기다려왔던 결정적인 암살 계획의 직격탄을 날리는 것처럼, 정확히 절벽으로 달려가 정확히 바다로 뛰어내렸지. 놀라운 자세였어. 무슨 멀리뛰기 스포츠 선수나 다이빙 선수 같았어."

"……"

"그게 무슨 자살이야? 누가 자살을 그렇게 해."

(중략)

재경은 왜 마지막 순간에 우주가 아닌 바다로 갔을까. 서희의 말대로 그건 심리적 압박감을 못 이겨 내몰린 자살

이라고 하기에는 좀 이상했다.[14]

가윤은 재경의 자살에 대한 가설을 추론하며 우선 해방감을 떠올린다. 우주의 무중력상태를 견디기 위한 훈련으로 심해 적응 훈련을 받으며 사이보그 그라인딩 기술을 장착한 신체의 놀라운 능력을 체감한다. 새로운 몸은 심해라는 극한의 환경에서 더 편안하다는 것을 인지한다. 이것은 우주 저편으로 가지 않아도 인간의 한계를 극복할 수 있는 하나의 도약이 될 수 있다. 한편으로는 천문학적 비용이 들어가는 프로젝트에 회의감이 들기도 한다. '우주 저편에 갔는데 아무것도 없으면 어떡하지?' 하는 막연한 두려움이 든다. 굳이 이렇게 많은 돈을 들여서 해야 하는 일인지 허탈하게 느껴지기도 한다. 이런 생각 끝에, 어쩌면 자신을 비롯한 전 세계 수많은 소녀들의 '우주 영웅'이 되기 위해 감당해야 했던 일들이 재경을 지치게 했을 수 있겠다는, 깨달음에 이른다. 이러한 사유의 과정은 가윤 자신이 가야 할 길을 시뮬레이션하는 시간이기도 하다. 이런 점에서 재경의 실패는 가윤에게 빛나는 참조점이 된다.

재경 이모는 터널을 통과할 위대한 기회를 코웃음치며 허공에 날려버렸다. '굳이 뭐 볼 필요가 있을까.' 하지만 가윤은 재경이 그렇게 비웃으며 폐기해버린 기회를 굳이 되살려 이곳까지 왔다. (중략)

재경의 말이 맞았다. 솔직히 목숨을 걸고 올 만큼 대단한 광경은 아니었다. 하지만 가윤은 이 우주에 와야만 했다. 이 우주를 보고 싶었다. 가윤은 조망대에 서서 시간이 허락하는 한까지 천천히 우주의 모습을 눈에 담았다.

언젠가 자신의 우주 영웅을 다시 만난다면, 그에게 우주 저편의 풍경이 꽤 멋졌다고 말해줄 것이다.[15]

김초엽의 소설집 『우리가 빛의 속도로 가지 못한다면』에는 의지적인 여성 인물들이 많이 나온다. 그중에서도 「나의 우주 영웅에 관하여」는 단연 돋보이는 작품이다. 두 인물 모두 자기가 해야 할 일을 '다했다'. 최선을 다해 선택했고 스스로 선택한 길을 거침없이 갔다. 재경과 가윤은 한 분야의 선후배이며 동료이기도 하다. 이들의 관계는 사제관계로, 혹은 모녀관계로 보이기도 하는데 가장 포괄적으로는 우정이라고 말할 수 있다. 재경을 이해하기 위해 노력하는 가윤의 모습은 우상을 향한 '팬심'처럼 보일 수도 있다. 하지만 나에게는 재경에게 보내는 존경과 존중의 마음으로 느껴졌다. 누구를 이만큼 좋아할 수 있다는 것, 누군가가 이만큼 좋아하는 사람이 될 수 있다는 것, 둘 다 쉽지 않은 일이다.

온라인 지역 비혼모 커뮤니티에서 만나 유사 가족의 형태를 이루며 살게 된 재경네와 가윤네처럼 그와 나도 인문학 공동체라는 현장을 공유하고 있다. 우리는 여기서 공부도 하고 일도 하고 함께 늙어갈 날에 대한 이야기도 나눈다. 우리는 비교적 손발이 잘 맞는 편이지만 이 모든 게 '척척' 안 굴러갈 때도 있다. 각자의 욕망이 다르고 하고 싶은 방식도 다르고 지향하는 바도 조금씩 어긋나고 비껴가고 있다. 공동체는 삐거덕거리며 굴러간다. 이 삐거덕거리는 소음이 심해질 때, 그는 회의를 소집하고 사람들의 이야기를 듣고 대책을 찾는다. 시간이 많이 들고 감정을 소모해야 하는 일을 그는 흔쾌히 떠맡는다. 이렇게 '떠맡아 주는' 사람들 덕분에 공동체는 삐거덕거리면서도 굴러간다. 그런 점에서 그는 소설 속 재경과 비슷하다. 그는 어떤 부담감이나 무게를 기꺼이 짊어지는 사람이다.

나는 가윤만큼 속 깊이 그를 이해하지 못했다. 그의 꼼꼼함과 완고함을 깐깐함과 까칠함으로 해석하고 지레 입을 다물어 버렸다. 나에게는 '래디컬'한 원칙주의자의 근면 성실함이 견고하게 느껴졌다. 그는 나에게 조금 '어려운' 사람이다. 하지만 매일 그가 만들어준 비누로 세수를 하고 샴푸로 머리를 감으며 그에 대한 나의 생각도 시시각각 모양이 바뀌는 비누거품처럼 바뀌고 있다. 그가 만들어준 스킨과 로션을 얼굴에 바르며 그의 친절함과 상냥함을 은은하게 맡는다. 그는 어렵지만 따뜻하고 고마운 사람이다. 재경이 가윤에게 그러했듯이 그도 나에게 빛나는 참조점이다. 그래서 어렵게 입을 떼어본다.

"쌤! 조금만 대충 하면 안 될까요? 혈압은 건강의 신호등이래요. 고혈압 약 꼭 챙겨 드시고 운동도 규칙적으로 하세요."

그에게 보내는 내 마음의 소리이다.

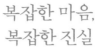

복잡한 마음,
복잡한 진실

공황장애 에

최정화의 「잘못 찾아오다」 를

처방합니다

이상하고 아름다운

B와는 가끔 SNS로 안부를 주고받는 사이이다. 그 가끔은 1년이기도 하고 6개월이기도 하다. 나와 B는 5~6년 전에 예술 워크숍의 담당자와 참가자로 알게 되었다. 대학 졸업을 앞둔 시기에 진로를 연기로 결정한 B는 가끔 연극 공연을 올리거나 영화에 출연하기도 했고, 가끔은 취업 상태이기도 했다. 내가 기억하는 B의 이십 대는 늘 뭔가 하고 있

는 모습이었다. 그는 매우 열정적이면서도 냉소적인 인상을 주었다. 안 될 거야, 라든가 별거 없다, 라는 식으로 쿨한 제스처를 보였지만 그 내면에는 전전긍긍하는 마음이나 간절함이 보였다. 누군들 안 그럴까? 예술가 지망생이라는 직업은 열등감과 우월감이 제멋대로 사람을 휘저어 놓는 직업적 특징을 갖고 있지 않던가? 그런 일반적인 모습과 달리 B만의 특징이라고 하면 매우 예의 바르면서도 매우 막무가내의 상태가 되기도 한다는 점이다. 만취상태에서도 내가 '선생'이어서, 무례하게 대하지 않으려고 의식적으로 노력하지만, 한순간에 막말을 날리는 후련함도 있었다. 많은 청년들을 만나며 제멋대로 하는 모습, 잘난 척하거나 불행한 척하며 폭주하는 모습은 익히 봐왔다. 하지만 단정하고 예의 바른 모습을 유지하다가 허물어지는 모습은 좀 새로웠다. 이상하게 들릴 수 있지만 B는 단정하고 예의 바르며 막무가내였다. 내가 기억하는 B의 불일치는 이런 모습이다.

최근 2~3년 동안 B에게 많은 일이 있었다. 일과 연기를 병행하는 것이 불가능해서 연기에 집중하려고 했는데 하필 코로나가 터져 일이 꼬여버렸다. 주식 투자에 중독적으로 빠지기도 했고 이십 대를 같이 보낸 남자친구와 결별했다. 몇 번의 이직이 있었지만 현재 다니는 직장의 근무조건과 업무에 만족하고 부모님으로부터 독립해 마음 맞는 언니와 셰어하우스에서 함께 살고 있다. 안 좋은 일도 많았지만 좋은 일도 없지 않았다. 이제 막 삼십 대가 된 B는 좀 더 안정감 있는 모습으로 일과 연기, 돈과 예술, 연애와 친구 관계 등을 자신이 통제할 수 있는 범위에 두려고 노력하는 것처럼 보였다.

"생각이 많고 예민해요. 충동적이고 지루한 걸 못 참아요. 그게 꼭 나쁜 걸까 싶기도 하고요. 그런 모습이 '나'이기도 하니까요. 관계에서 어려움을 겪을 때는 힘들죠. 제가 관계에 서툴다는 생각도 들고요. 경미한 공황장애가 있어요. 약을 먹으면 바로 좋아지기 때문에 크게 문제되지 않는데, 공황 상태가 올까 봐 미리 두려워하기도 해요. 저한테 불안감이 있나 봐요."

내가 B에게 정말 많은 경험을 하며 이십 대를 보냈다고 칭찬해 줬더니 B는 이렇게 말했다.

"많은 걸 한 건 맞는데 경험에 비해 배운 건 없는 것 같아요. 그래서 같은 실수를 자꾸 반복해요."

이 말을 듣고 나는 B를 크게 걱정하지 않았다. 자신이 똑같은 실수를 하고 있다는 것을 아는 사람은 이미 어느 정도 자기분석과 자기 객관화가 돼 있는 사람이다. 이제 막 삼십 대가 된 B가 그걸 알고 있다니 놀라웠다. 그러나 2주 후 다시 만났을 때는 이전과 달리 불안정해 보였다. 회사 근처 카페에서 만난 터라 나와 이야기를 나누는 중에도 자주 회사 동료와 눈인사를 주고받았다. 편하게 이야기를 나눌 상황이 되지 못했다. 나는 판단이 서지 않았다. B의 문제는 심각한 것일까, 그렇지 않은 것일까?

B를 이해하기 위해 그가 좋아한다는 영화 캐릭터를 살펴봤다. 〈피아니스트〉(2001년)의 에리카(이자벨 위페르), 〈이터널 선샤인〉(2004년)의 클레멘타인(케이트 윈슬렛), 〈실버라이닝 플레이북〉(2012년)의 티파니(제니퍼 로렌스), 〈아가씨〉(2016년)의 아가씨(김민희). 레전드가 된 영화와 배우들이라 뭐라 덧붙이는 게 사족처럼 느껴지지만, 그들은 모두 이상해 보이지만 아름다운 배역들이었다. 티파니의 대사처럼 "평온을 찾으려 하는 망가진 여자"들의 분투는 아름다웠고, 그녀들이 평온하지 못한 이유는 그들에게 있지 않았다. 그들에게 잘못이 있다면 그것은 예민함과 똑

똑함이다. 예민하고 똑똑한 여자들은 자주 '미친 여자'가 되고, 그들의 말은 신뢰를 얻지 못한다. 뭐가 문제일까? 예민하고 똑똑하고 순응적이지 않은 그녀들이 문제일까? 둔감하고 규격화되고 관대하지 못한 세계가 문제일까?

복잡한 마음, 복잡한 진실

트럭은 즉시 그 자리를 떠났다.

여자가 어째서 나와 같은 집에 이사를 오려고 했던 것인지 사연을 알 수는 없지만 나는 그녀가 그렇게 돌아간 것에 대해 죄책감을 느꼈다. 아무도 그렇게 말하지 않았지만 내가 그 여자의 집을 빼앗았다는 생각이 들었다. 붉은색으로 물든 여자의 화난 얼굴을 떠올리면 기억나지 않는 아주 먼 과거나 혹은 내가 아직 알지 못하는 미래에, 내가 그녀에게 대단히 큰 잘못을 저질렀다는 생각이 들었다.[16]

B가 좋아한다는 영화를 보다가 최정화의 '이상한' 소설들이 떠올랐다. 최정화의 소설은 이상하다. 가사도우미 면

접을 보러 온 여자에게 여주인은 자기 가정을 빼앗으러 온 듯한 불안감을 느낀다. 면접을 마친 여자는 자기 신발 대신 여주인의 구두를 신고 가버린다(「구두」). 재개발이 시작된 도시의 붕괴된 건물 사진을 기록 영상으로 촬영하던 한 여성은 작업하는 내내 마음이 찜찜하다. 정신 사납게 헝클어진 집기들을 원래대로 정리한 후에야 홀가분한 마음으로 촬영을 마친다(「모든 것을 제자리에」).

최정화의 인물들은 어떤 상실감이나 불안감에 휩싸여 있는데 「잘못 찾아오다」도 그런 계열에 속한다. 「잘못 찾아오다」에는 두 가지의 에피소드가 겹쳐 있다. 새로 언덕 위 빌라로 이사 온 '나'에게 이상한 일이 반복된다. 이삿날에는 내 집의 또 다른 입주자를 자처하는 여자가 나타난다. 그 후로도 누군가 집 현관 비번을 누르다 사라지기도 하고, 집 앞에서 꼬마가 제 집인 양 기다리기도 한다. 누군가는 한밤중에 찾아와 잘못했다고 사과하며 나오라고 조용히 말하기도 한다. 이사 간 전 주인을 찾아온 사람들 같은데, 그들에게 "그 사람 여기 안 살아요. 이사 갔어요"라고 말하는 게 거짓말 같고 죄책감이 든다. 일어날 수도 있는 해프닝이지만 젊은 여자 혼자 사는 집이라고 하면 불안감이 커질 수 있는 상황이다.

또 하나는 친구 재희와의 재회다. 재희는 공인중개사 학원에서 만난 사이인데 한 친구의 지갑을 훔쳤다는 의심을 받으며 모임에서 사라진 인물이다. 훔쳤다는 사실이 명확한 순간에도 재희는 잘못을 인정하거나 사과하지 않고 억울해하며 떠났다. 아주 오랜만에 나타난 재희는 '나'의 공인중개 사무실에 찾아와 집을 구해달라는 부탁만 하고 다시 찾아오지 않는다. 그래서 '나'는 재희가 진짜 집을 구하는 것이 아니라 자신을 만나러 오기 위해 거짓말을 한 거라고 생각한다. 집을 잘못 찾아오는 사람 가운데 재희가 있는 건 아닐까 추측해 보기도 한다. 다시 1년 후 '나'와 재희는 도자기 공예점에서 고객과 직원으로 만난다. 무슨 이유에선지 '나'의 쇼핑백에 계산하지 않은 물건이 들어 있어 도둑으로 몰리는 난처한 일을 당한다.

최정화는 비슷하게 변주되는 두 에피소드를 명확하게 진술하지 않는다. 재희는 진짜 지갑 도둑일 수도 있고 누명을 썼을 수도 있다. '나'는 진짜 도둑일 수도 있고 직원인 재희의 계략에 의해 누명을 썼을 수도 있다. 이런 혼란은 '나'의 집에 대한 의심도 증폭시킨다. '나'는 정당하지 못한 방법으로 집을 얻었을 수도 있고, 잘못 찾아오는 사람들 때문에 스트레스를 받는 무고한 사람일 수도 있다. 집을 떠날 수밖에 없었던 사람에게 연민을 느끼는 사람일 수도 있고, 윤리적 측면에서 죄책감을 느끼는 사람일 수도 있다.

나는 묵묵히 걷기만 하고 청년은 따라오는데 걷다가 귀를 가만히 세워보니 청년의 발소리가 들리지 않는다. 두어 걸음 뒤편에서 열심히 따라오는 청년은 분명히 보이는데 소리는 들리지 않고 내 발소리만 언덕길을 울린다. 문득 그가 말하는 제집이라는 것이 어쩌면 내 집이 아닐까 하는 생각이 들지만 그가 그렇게 선언한 것도 아닌데 무작정 그 집이 내 집이라고, 네 집이 아니라고 우기기도 뭣해서 아무 말도 하지 못하고 그저 앞서 걸을 뿐이다.

(중략) 골목 양편에 주차한 차 밑마다 고양이들이 갸릉거리는 소리를 내며 청년과 나, 두 사람을 지켜보고 있다. 마치 둘 중 그 집에 들어가는 게 누군지 지켜볼 일이라는 듯 무심하나 반짝이는 두 눈이 그늘 밑에서 조용히 빛난다.[17]

뭐가 진실이고, 누가 가해자이고, 누가 피해자인가? 최정화는 의도적으로 혼란을 야기한다. 뭐가 진실이고, 누가 가해자이고, 누가 피해자인지 단정하는 것이야말로 '이상한' 일이라고 비꼬는 듯 혼란을 그대로 방치한다. 혹은 뭐가 진실이고, 누가 가해자이고, 누가 피해자인지 명확하게 단죄해 왔던 세계야말로 문제라고 고집스럽게 '항의'하는 것도 같다. 하나의 사태에 대해 서 있는 입장에 따라 해석은 분분하고, 이를 수렴하는 감정도 복잡하다. 복잡한 마음을 그대로 드러내는 일은 분열증 환자의 진술처럼 의심받거나 신뢰를 잃는다. 그래서 최정화의 소설은 묘하게도 스릴러물 같은 긴장과 기괴함을 불러일으킨다. 그런데 매끈한 이야기보다 그 기괴함이 더 현실적이라고 설득되는 순간, 독자는 매끈해 보이는 우리의 일상이 기괴하게 일그러지는 곤혹스러운 상황에 처한다.

분열증을 인정할 것인가, 세계는 온전하다는 망상에 빠질 것인가. 우리가 매혹되는 이상하지만 아름다운 이야기들은 대개 전자를 선택한다. '미친 여자' 취급 받는 예민하고 똑똑한 여자들도 같은 선택을 한다.

B의 얼굴들

늘 그렇듯이 바빠서 문학처방전 인터뷰를 많이 미루고 있었다. 일하는 짬짬이 B를 생각하기도 했지만 서류 제출을 하고, 닥쳐온 일을 해치우느라 그에 대한 걱정은 뒤로 밀려났다. 그런 피곤한 날들 가운데 하루, B는 SNS로 "쌤, 어쩌다 보니 저도 질병에 대해 썼네요!"라며 자신의 플랫폼에 올린 글의 링크를 보내왔다. 맞다. B는 연기를 하지만 글도 잘 쓰고 글쓰기를 좋아했다. 지적 호기심인지 지적 허영인지 모르지만 책 읽기도 게을리 하지 않았다. B는 늘 뭔가 배우러 다녔는데 그건 연기뿐 아니라 연출일 때도 있었고 무대미술일 때도 있었다.

B의 글을 읽어보니 문학처방전이 필요 없을 것 같다. 이미 혼자 잘 진단하고 적절히 처방을 내렸다. B는 이제 어쩔 수 없이 자신이 쓴 대로 "이제는 내가 이전보다 나아질 수 있다고 믿는다"는 자기 글의 구속력을 느끼며 생활을 '단도리' 할 것이다. 그게 어느 정도 지속되다 흐지부지 돼도 상관없다. 그땐 또 다른 다짐과 선언으로 자신을 '단도리' 해가면 된다. B는 자신의 문제를 들여다보려는 사람이

고 그때그때 생각과 결단을 수정해 갈 것이다. 이것 말고 다른 방법이 또 있을까?

　나는 B의 플랫폼을 쓰윽 훑어보고 새삼 놀랐다. B는 꽤 많은 글을 써서 저장하고 있었다. B가 다니던 워크숍이나 연기 클래스에서 어떤 일이 있었고 무엇이 고민인지 의지 적으로 글로 남기고 있었다. 나에게 '연기'라는 분야가 생소한 까닭에 B의 글은 신선했다. 일상생활에서 보던 B보다 무대 위의 B는 훨씬 단련되어 있어 내가 알던 사람이 아닌 것 같은 환상이 만들어진다. 'B! 멋진데!'라든가 'B! 제법 연기를 하는구나!'라는 감탄을 대놓고 하지 못했다. 하지만 배우 B의 모습은 내가 알고 있는 모습이 전부가 아니라는 것을 일깨워준다. B의 글은 무대 위의 B와는 또 다른 모습으로 새로웠다. SNS로 안부를 주고받을 때나 술자리에서 들을 수 없는 생각들을 보다 정리된 문장으로 읽을 수 있었다. B의 문장은 단정하고 사려 깊었다. 쉽게 일반화하거나 통념으로 빠지지 않기 위해 판단을 유보하는 듯한 태도가 읽혔다.

'내가 실은, 사실은 아닌 척 하지만 마음 속 깊이 무언가

에 깊이 관여하고 싶나?'라는 생각이 들었는데 다시 생각
해 보면 분명히 그것만은 아닌 것 같다. 나는 분열된 정서
를 가지고 있는 게 맞고, 이걸 쉽게 '사실은/알고 보면'이
라는 식으로 쉽게 결론내리고 싶지 않다. 또 내가 연기를
하고 싶은 어떤 근본적인 이유도 실은 연기하는 행위 자
체가 내가 생각하는 어떤 분열적인 상태이고 그것을 '알
고 하기 때문'인 것 같으니 말이다.[18]

물론, 글로 표현된 B가 B의 모든 것은 아니다. 현실의 B
는 위악과 가식이고 글 속의 B만이 진실인 것도 아니다. 무
대 위에서 연기하는 B도 가짜 B가 아니다. B는 여러 얼굴
을 하고 있다. 어쩌면 B는 그 여러 얼굴 때문에 스스로 혼
란을 느낄 수 있고 주변 사람들에게 오해를 살 수도 있다.
그런데 우리도 그렇지 않을까? 내가 생각하는 내 모습, 주
변 사람들이 생각하는 내 모습이 내 전부는 아닐 것이다.

우리는 숱하게 분열된 자신을 만나고 확인하지만 차마
그 분열을 드러내지 못한다. 하지만 B와 같은 사람은 그것
을 봉합하지 않고 당당히 드러내는 사람이라고 생각한다.
분열과 혼란을 드러내고 끝까지 탐구해 보는 사람이다. 이

것이 예술하는 사람들의 특권이며 특혜일 것이다. B가 연기에 매혹된 이유도 여기에 있지 않을까?

그래도 '처방전'을 내려본다면 B가 연기만큼 글쓰기에 애정을 더해봤으면 좋겠다. 플랫폼에 기록하는 것을 넘어 출판을 고려하는 글쓰기를 해봤으면 좋겠다. 출판을 하려면 아마 지금까지 쓴 글을 대폭 수정해야 할 것이다. 목차도 새로 잡아야 하고 새롭게 써야 할 내용도 추가될 것이다. 그 과정에서 B는 보다 적극적으로 자신의 연기와 삶을 점검해 볼 수 있을 것이다.

글쓰기는 서랍 정리와 비슷하다. 우리를 괴롭히고 혼란스럽게 하는 많은 생각과 일들은 뒤엉켜 있기 때문에 파악이 어렵다. 그뿐 아니라 정리되지 못한 생각과 일의 무게감은 실제보다 더 부풀려 있기 일쑤다. 단지 나를 괴롭게 하는 갈등과 고민을 문장으로 옮겼을 뿐인데도 생각과 문장 사이의 거리는 자기 객관화를 가능하게 한다. 무엇이 나를 두렵게 했는가? 그 대상을 구체화할 수 있을 때 두려움은 조금 가벼워진다. 손 하나 들어갈 자리 없이 빽빽하던 서랍을 정리하고 나면 공간의 여유가 생기는 것과 비슷한 이치이다. 정리하면 부피든 무게든 줄어든다.

허랑방탕해 보이지만 누구보다 애쓰며 살아가는 B야, 뭐든 좋다. 글쓰기를 연기만큼이나 너의 주요 장르라 생각하고 시간을 더 들여 써보자. 연기와 글쓰기로 분열하는 B를 기대해 본다.

시리얼 상자를 덧댄
스냅사진

디스크 에

장류진의 「탐폐레 공항」 을

처방합니다

졸업 선물로 허리 디스크가 왔다

우리 집 큰딸 서현이는 요즘 바쁘다. 어제는 국제학생증을
발급받기 위해 재학증명서를 출력하더니 오늘은 친구에
게 캐리어를 빌려왔다. 내일은 병원에 들러 응급 시 쓸 수
있는 진통제를 처방받고 며칠 내로 은행에 들러 환전을 할
계획이란다. 겨울방학 동안 살을 빼서 슬림한 모습으로 여
행을 떠나겠다는 원대한 포부를 이루지는 못했지만 착실

히 여행 준비를 마치고 있다.

지난 가을 학기가 시작될 때 서현은 충동적으로 유럽 왕복 항공권을 끊었다. 이번 겨울이 대학생으로 보내는 마지막 방학인데 4년 동안 아르바이트와 계절학기 수업으로 방학을 보냈다는 사실이 문득 억울하고 아깝다는 느낌이 들었다고 한다. 전부터 계획이 있었던 건 아니고 한 달쯤 외국에서 생활하는 이벤트를 자신에게 선물하고 싶다는 대학생다운 감성이었다. 이때는 60만 원짜리 저가 항공권을 구입했다는 것만으로도 도파민이 분비된 상태였다.

항공권을 구입하고 얼마 지나지 않아 취업 설명회에 다녀오면서 서현의 가을 학기는 순식간에 '취업 준비생 모드'로 전환되었다. 마감이 코앞으로 다가온 서류 접수를 위해 벼락치기로 자기소개서를 쓰고, 적성검사 문제 유형을 익히고, 면접 스터디에 합류했다. 주말에는 공인 영어 점수를 받기 위해 시험을 보러 갔고 그 사이 낀 중간고사도 대충 해치웠다. 면접을 위해 백화점에서 정장 바지를 사고 친구에게 구두를 빌려오며 사원증을 목에 건 자신의 모습을 그려봤을 것이다. 아마도 오피스 드라마에 나오는 세련된 직장인의 모습이 '취준 대장정'을 끝까지 완주할 수 있는 페이스메이커가 되지 않았나 싶다. 이때 서현은 새벽에 귀가하거나 새벽에 집을 나가 피곤해하면서도 핼쑥해진 자신이 멋져 보인다고 생각하는 것 같았다. 실제로 살도 빠져서 평소와 달리 턱선이 날렵해 보이기도 했다. 학기가 끝나갈 때쯤 서현은 취업에 성공했다.

여행을 앞둔 서현에게 물었다.

"대학 생활 중 가장 기억에 남는 게 뭐야?"

"음… 학교 앞 자취방! 잔소리 하는 사람도 없고 친구들이랑 매일 새벽까지 술 마시러 다니던 게 엄청 좋았지. 근데 청소나 설거지, 공과금 내는 일을 혼자 알아서 해야 하니까 좀 귀찮기도 했어. 그래도 그런 경험을 해봤으니까 혼자서도 잘 살 수 있겠다는 생각이 들어."

그 방에 나는 두 번 가봤다. 대학 입학을 앞두고 방을 구해주러 한 번. 1년 뒤 작은딸이 잠시 그 방에서 같이 지내야 해서 짐을 가져다주러 한 번. 두 사람이 누우면 꽉 차는 방. 그렇게 두 다리를 뻗으면 발 아래로 한 칸짜리 싱크대가 놓여 있는 방. 성냥갑만 한 방에서 무얼 해주기 엄두가 안 나서 배달 음식을 시켜 먹고 쓰레기를 비닐봉지에 넣어서 들고 나왔다. 그 방에서 딸은 2년을 살았고 계약기간이 끝나, 집으로 들어왔다. 그 사이 우리집은 형편이 나빠져 작은 집으로 이사했고 딸은 대학 생활 내내 아르바이트로 생활비와 용돈을 벌어서 썼다.

딸이 자취하는 동안 가끔 문자로 신용카드 사용 내역이 날아왔다. ××가정의원, ×××피부과, ××치과. 집을 나가 사는 동안 딸은 자주 감기에 걸렸고 알레르기성 피부 트러블로 고생했다. 거기에 주기적으로 치과에 갈 일이 생겼다. 이런 질병은 일상적으로 발생하기에 문자가 날아올 때마다 걱정은 됐지만 그러려니 했다.

그런데 ×××정형외과? ××척추전문병원? 이런 내역이 문자로 날아왔을 때는 많이 놀랐다. "뭐? 이십 대에 벌써 디스크라고? 도대체 생활을 어떻게 한 거야?" 야단만 쳤지 바빠서 병원에 같이 가지도 못했다. 딸은 혼자 엠알아이MRI 검사를 받고 진통제 주사와 물리치료를 받으러 다녔다. 보험사에 실비 청구까지 알아서 처리했다. 요즘 친구들한테 디스크 관련 상담이 오면 전문의처럼 조언해 준다.

"당장 허리가 아프니까 병원 가서 근육 주사 맞고 거기서 일주일 동안 먹으라고 근육 이완제를 줄 거야. 그게 너무 세다고 위장약도 같이 주는데 밥 먹고 약 꼬박꼬박 먹으면 대개 괜찮아져. 그래도 계속 아프면 병원 가서 엠알아이 찍어봐야지."

요즘 애들은 뭐든지 인터넷으로 배우는지 딸은 부모인 나보다 더 나은 의학 상식과 정보를 갖고 있다. '혼자서 알아서 하는 애이니 디스크도 잘 치료하겠지'라고 생각한다. 그래도 딸이 이십 대에 왜 벌써 디스크 환자가 된 것인지 어리둥절하다. 4년의 대학 생활은 혈기왕성한 이십 대의 체력을 바닥까지 소진시킬 만큼 고됐던 것일까?

밀레니얼 직장인의 생존전략, 밸런스를 계산하라

장류진의 소설집 『일의 기쁨과 슬픔』에 수록된 단편소설들은 '커리어우먼'이 된 딸의 미래를 보여주는 것 같다. 아이티IT 스타트업 기업의 기획자, 카드회사의 중간관리자, 결혼을 앞둔 대기업 회사원, 직장 근처 오피스텔에 거주하는 1인 가구 여성. 소설 속 인물들은 딸의 1년 뒤, 3년 뒤, 5년 뒤 모습을 연상하게 한다. 이들의 공통점은 '계산'에 능하다는 점이다. 「백한번째 이력서와 첫번째 출근길」에서 주인공은 인턴과 비정규직을 거쳐 정규직으로 처음 출근하는 날 아침, 머릿속으로 계속 계산기를 돌린다. 연봉이 올랐지만 월세, 관리비, 공과금, 보험료 등을 제하고 나면 하루에 만 천 원씩 써야 생활이 유지되기 때문이다. 더운 여름날 버스 정류장에서 주인공은 아이스 아메리카노 한 잔을 살 것인가 말 것인가 깊은 고뇌에 빠진다.「잘 살겠습니다」에서는 친분 관계와 기회비용을 고려한 결혼식 축의금의 경제학이 디테일하게 소개되어 있다. 계산해야할 것은 물론 돈만이 아니다.

> 나는 이어폰을 꽂고 루보프 스미르노바가 연주하는「환상소품집, op.3-멜로디」를 들었다. 정신이 맑아지면서 분노가 서서히 사그라들고 갑자기 긍정적인 마음이 되었다. 내일은 글렌 굴드, 모레는 조성진을 들을 것이다.[19]

돈보다 더 치밀한 계산이 필요한 영역은 스트레스 관리이다. 업무상 트러블에 유연하게 대처하기 위해, 직장 상사의 '갑질'에 위축되지 않기 위해, 장류진의 인물들은 영리하게 자신만의 플랜 B를 갖고 있다. 클래식 감상에 몰두하거나, 애완동물에 빠져들거나, 일본 온천여행을 떠나는 방식으로 자신의 감정과 자존감을 외부로부터 방어한다. 이들은 자신의 존재 증명을 일로 보여주겠다고 전력 질주하지도 않고 자기만의 방에 갇히지도 않는다. 이들은 일의 기쁨과 슬픔, 타인과의 경쟁과 협력의 균형점을 맞추는 일이 자신의 커리어와 생활을 유지하는 기술이라는 걸 알고 있는 생활인이다. 울트라 슈퍼 파워가 아니라 밸런스야말로 이들의 미덕이다.

이런 점에서 팔십 년 대생 작가 장류진은 멀지도 가깝지도 않은 거리와 뜨겁지도 차갑지도 않은 온도를 유지하는, 밸런스 맞추는 기술을 자기 세대의 생존 전략으로 이해하고 있는 듯하다. 이런 전략이 칠십 년 대생인 나에게는 좀 낯선 감각이지만 구십 년 대생인 딸에게는 이미 내면화되거나 체질화된 기질이 아닐까 싶다. 나는 성적이든 연애든 딸이 울고불고하는 격정의 드라마를 찍는 모습을 여태 본 적이 없다(혹시 나만 못 봤던 것일 수도…).

시리얼 상자를 덧댄 스냅사진

디스크 질환은 왜 발생할까? 의학 서적에 의하면 스트레스, 과도한 성생활, 해열·소염진통제의 부작용, 운동 부족, 노화[20]가 그 원인이라고 한다. 노화 등등을 제외하면 나머지 원인은 대부분 딸에게 해당된다. 딸의 책상에는 언제나 생리통이나 두통에 잘 듣는 진통제 캡슐이 한두 개쯤 뒹굴고 있다. 아프면 정해진 일정을 소화하는 데 문제가 생기기 때문에 딸은 빨리 병원에 가고, 빨리 약을 먹는다. 빨리 낫기 위해. 그래서 빨리 낫기는 하지만 다시 감기에 걸리고 피부발진이 반복되었다. 시험 기간이나 발표 과제 기간에는 며칠씩 밤을 샜다. 바쁜 일정이 끝나면 그간의 스트레스를 해소하려고 친구들과 거하게 밥과 술을 먹고 마셨다. 그렇게 탕진의 나날이 지나가면 다음 달 알바비가 들어올 때까지 간당간당한 통장 잔고와 불안한 미래를 습관적으로 걱정하고, 스트레스가 다시 쌓여갔을 것이다.

디스크 내부에는 쿠션 역할을 하는 젤리와 같은 물질, 즉 "수핵이 들어 있으며 둥근 디스크의 둘레는 탄력성이 강한 섬유륜으로 둘러싸여 있"[21]다. 스트레스 과다로 이

것들이 찢어지거나 빠져나와 척추신경근을 누르면 디스크 질환이 발생한다. 딸은 자기 용돈을 스스로 벌어서 쓴다는 자부심과 매주 스케줄과 컨디션을 조절해야 하는 긴장감을 동시에 느꼈을 것이다. 그렇게 열 받고, 피가 마르는 시간들이 딸의 몸에 허리 디스크를 남겼다. 자기 한 몸 건사하고 살기 위해 밸런스를 맞춘다는 것은 사실 무수히 많은 '종종거림'을 필요로 하는 피곤한 일이다.

> 나에겐 고심 끝의 결정이자 엄청난 도전이고 인생의 특별한 이벤트였는데, 다 준비하고 나서 보니 결국 남들이 한 번씩 해보는 걸 나도 똑같이 하는 데 지나지 않는다는 게, 유행의 일부일 뿐이라는 게, 그저 준비운동을 마친 것일 뿐이라는 게, 조금은 쓸쓸하게 느껴졌다.[22]

장류진의 소설집에서 내가 제일 좋아하는 작품은 「탐페레 공항」이다. 다큐멘터리 피디를 지망하는 대학생 '나'는 더 나은 스펙을 위해 아일랜드로 워킹홀리데이를 떠난다. 한 학기 휴학 후 체류 비용과 서류를 준비하고 위풍당당하게 비행기를 타는 날, 기쁘기보다 맥이 빠진다. 기진

맥진해서 준비한 일이 누구나 한 번씩 하는 '보통'에 불과한 일이라는 것이 기운을 빼놓는다. 그러나 경유하는 핀란드 탐페레 공항에서 낯선 노인과 몇 시간을 보내며 다시금 꿈에 매혹되었던 시간들을 상기한다. 기대와 달리 '나'는 다큐멘터리 피디가 되지 못하고 식품회사 회계 팀에 입사하여 4대보험, 상여금, 특근수당 같은 말에 만족하며 지낸다. 그리고 6년 후 우연히 노인이 보내준 자신의 사진을 발견하고 눈물을 흘린다.

> 무심코 사진을 뒤집었다. 뒤에 두꺼운 종이가 덧대어져 있었다. (중략) 글씨가 아닌 그림을 보고 그게 시리얼 상자를 잘라서 붙인 거라는 걸 알았다. 이게 왜 붙어 있지? (중략) 사진이 지구 반대편 먼 길을 거쳐 가는 동안 행여나 구겨질까, 노인은 많이 걱정했던 것 같다. 나는 시리얼 상자를 가위로 자르고, 그것을 풀로 사진의 뒷면에 단단히 붙이는 노인의 모습을 상상했다. 하얀 밤, 태양이 뭉근한 빛을 내는 창가에 앉아 가위와 풀과 사진 그리고 편지 사이를 천천히 오가며 더듬거리는 노인의 쭈글쭈글한 손을.[23]

보통이라는 기준에 맞추는 일, 그 수준을 유지하려고 밸런스를 맞추는 일이 보통의 노력으로 되지 않는 세상이다. 꾸준히 일정 속도로 뛰지 않으면 너무 빨리 '보통 이하'로 뒤떨어지는 불안정한 시대를 살아가고 있다. 하지만 나는 딸에게 최적화된 조건을 유지하기 위해 균형 잡힌 생활습관과 규칙적인 운동을 당부하고 싶지 않다. 내가 잔소리하지 않아도 딸은 이미 이런 매뉴얼을 숙지하고 있을 것이다.

그보다는 소설 속 '나'가 탐페레 공항에서 만난 노인이 찍어서 보내준 스냅사진 같은 것을 간직하는 사람이 되었으면 좋겠다. 스치듯 지나치는 사소한 배려가 '열 받고, 피말리는 시간'을 누그러뜨리는 해독제가 되리라 생각한다. 먼지 앉은 신발 상자 속에 보관 중인 손편지 뭉치, 외국 서점에서 만나게 될 한국 소설책, 지갑이 없어져 난처할 때 누군가 대신 찍어준 버스 카드 같은 것들. 그리고 그것이 인생의 변수가 될지도 모른다.

이번 여행에서 가게 되는 프랑크푸르트 공항, 레오나르도 다빈치 공항, 포르투 공항, 딸에게 세 번의 기회가 있다. 행운을 빈다. 부디 면세점을 기웃거리지 않기를…. God bless you!

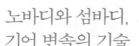

노바디와 섬바디,
기어 변속의 기술

알코올의존증 **에**

김영하의『여행의 이유』**를**

처방합니다

진단의 어려움, 무엇이 문제인가

코로나19의 여파로 감자탕집에는 사람이 미어터졌다. 학교에 가지 않는 아이들과 재택근무를 하는 직장인이 많아지면서 각 가정에서는 매끼니 식사를 해결해야 하는 고난도 미션이 주어졌다. 가족들이 돌아가며 집밥을 해먹기도 하고 편의점이나 홈쇼핑에서 판매하는 인스턴트 음식이나 밀키트로 한 끼를 때우기도 했다. 또는 오늘은 짜장, 내

일은 치킨을 주문하는 '배달의 민족' 일원이 되기도 했다. 주말이 아니라도 가족끼리 외식으로 한 끼를 해결하는 가정이 늘어났다. 적어도 2020년 5월 첫 번째 월요일 점심시간에 우리가 들어간 감자탕집은 외식 나온 가족들로 북적거렸다.

코로나19로 수업이 줄어든 재수학원 강사 J와 초등학생 아들, J의 지병에 대한 처방을 의뢰받은 나와 내가 끌고 나온 친구. 흡사 가족처럼 보이는 우리 네 사람은 그날 휴대용 가스버너 위에 감자탕 중자 냄비를 올려놓고 마주앉았다. 테이블에는 소주 한 병과 맥주 한 병, 그리고 학교에 가지 못하는 동안 게임, 마술, 인형 뽑기 등 소일거리 찾기에 매진하고 있는 초등학생의 노고를 치하하기 위해 주문한 사이다 캔이 정답게 올라와 있었다.

J가 의뢰한 지병은 '알코올의존증'이었는데 그날의 상황을 보라. 이건 알코올의존증을 해결하고자 모인 사람들의 자세가 아니다. 누가 봐도 한 번 제대로 마셔보자는 의욕이 넘치는 '낮술'의 현장이었다. 나는 알코올의존증은 '페이크'이고 J가 해결하고 싶은 다른 고민, 갈등, 번뇌 등 애로 사항이 따로 있으리라 짐작했다. 무엇이 J를 괴롭히고

병나발을 불게 만드는 것인가? 그러니까 알코올의존증은 문제의 원인이 아니라 결과로 봐야 한다.

"따로 학원 차릴 생각이라며…. 지금 다니고 있는 학원은 그만둘 거야?"

"학원에서 나보다 오래 일한 강사가 없어요. 나한테 맞게 세팅해 놨는데 왜 그만둬요? 학원 문 닫을 때까지 있어야지. 월급 따박따박 나오고 좋은데."

경력 15년이 넘은 베테랑 강사 J가 최근 학원 일로 괴로워한다는 풍문이 들려왔다. 그쯤 되면 자기 학원을 운영하고 싶다는 포부를 가질 만한데 경영자가 된다는 건 또 리스크가 따라오는 일이니 그로 인한 스트레스가 많으리라 예측했다. 그런데 아니란다. 고정 수입이 보장되는 지금의 학원을 유지하며, 마음이 맞는 동료들과 자신들이 해보고 싶은 방향으로 작게 학원을 따로 차리려 하고 있었다. 새로 차릴 학원에 대한 계획을 얘기할 때 J의 눈빛은 빛났다. 학생들의 데이터를 분석하는 앱을 개발하고 통계 분석에 기반한 합리적인 로드맵을 제시하겠다는 야심찬 계획만으로도 자신감이 '뿜뿜' 넘쳤다. 야구선수들의 타율과 팀별 승률을 달달 외우며 야구에 대한 지식을 뿜낼 때, 어깨에 힘이 '빡' 들어가는 그의 초등학생 아들과 그는 다르지 않았다. 한 사람은 소주잔을, 한 사람은 사이다 잔을 들고 있다는 차이 정도.

"지금도 강의할 때 땀을 뻘뻘 흘려요. 학생들은 그런 저를 보고 열정적인 모습에 감동받았다고 하는데, 사실은 긴장해서 그런 거예요. 강사 일이 안 맞아요. 시작할 때 3년만 하자 생각했는데, 3년, 3년 연장돼서 지금까지 왔죠."

이때쯤 초등학생은 문방구에 다녀오겠다고 자리에서 일어났다. 자신의 아버지가 곤혹스러워한다는 것을 눈치 챘는지 어른들 편하게 이야기하라고 알아서 자리를 피해 줬다. 밤톨만한 녀석이 기특하다. 어디서 이런 매너를 배운 걸까?

J가 강사로서의 자질 없음을 토로하고 있을 때 나는 그의 아들을 신통방통해하며 그의 말을 건성으로 들었다. 그의 생각에 동의하지 않기 때문이다. 자질이 없는데 한 직업을 15년 이상 유지할 수는 없다. 어떤 직업이든 그것에 맞는 직업의식과 재량이 필요하다. 15년 이상 그 일을 유지해 오고 있다면 그에게 그것이 없을 수 없다. 학생들 앞에서 '떠는' 것은 그가 불안하고 초조해서가 아니라 '열

의'를 갖고 수업을 준비하기 때문이다. 무언가를 준비해서 보여주려 할 때 우리는 긴장되고 떨린다. 그게 설렘이고 '살 떨리는' 재미이다. 이런 긴장과 설렘이 없어질 때, 그때야말로 그 일을 그만두어야 한다. 그러니 강사로서의 자질 없음이 스트레스의 원인은 아니다. 그럼 뭐가 문제일까? 진단의 어려움으로 인해 소주 한 병을 더 시켰다.

"이제 더 이상 멋지고 훌륭한 사람이 될 수 없잖아요. 지금 시작하려는 학원 일도 패배자의 자기합리화가 아닌가 하는 생각이 들어서."

"멋있고 훌륭한 일이 뭔데?"

"누구는 교수도 되고 변호사도 되고 폼 나잖아요."

J가 말하는 '폼' 나는 일에는 정당 정책연구소의 노동문제 연구원도 있을 것이고, 대안적 삶을 실천하는 비판적 지식인도 있을 것이고, 척하니 기부금을 쾌척하는 금수저도 있을 것이다. 작품성이 뛰어난데 흥행도 성공하는 기가 막히게 운이 좋은 영화감독이 되는 일과 같은 것. 나도 그런 꿈을 꿨던 사람이라 덩달아 심란해졌다. 감자탕 국물은 냄비 바닥까지 졸아 붙었고 술병은 빠른 속도로 비워졌다. 문방구에 갔던 초등학생이 돌아오자 우리는 불쾌해

진 얼굴로 아이의 머리를 쓰다듬었다.

"어떻게 이렇게 시간을 딱 맞춰 왔어!"

우리도 그날 우리를 따라왔던 초등학생처럼 매일 칭찬 받는 날들이 있었다. 밥을 잘 먹어서, 떼를 안 써서, 학교에 잘 가서, 친구랑 잘 놀아서, 대학에 척 붙어서…. 그런 '좋은' 날은 다 지나갔다.

인정욕망, Somebody or Nobody

나 역시 국내에서 여러 권의 책을 내고 작가로서 자리를 잡은 후에는 여행을 떠나는 마음이 습작생이었던 시절과는 달라졌다. 서점에 가면 좋은 자리에 내 책이 놓여 있고, 꾸준히 내 책을 읽어주는 독자들이 있다(는 것을 알고 있다). 그러나 해외에 나가면 여전히 나는 노바디였다. 2003년에 아이오와 국제 창작 프로그램에 참가했을 때, 나는 서른다섯이었고 작가가 된 지 구 년째였지만 해외에서 나온 책은 『나는 나를 파괴할 권리가 있다』의 프랑스어판밖에 없었다. 그 후로 세월이 십 년쯤 더 지났을 때는 상황이 더 나아졌다. 이제 영어판으로 나온 책도 여러 권이 되었고, 그 밖에도 여러 언어로 소설이 번역되어 여행지의 서점 외진 구석에서라도 내 책을 발견할 수 있게 되었다. 그러나 노바디라는 느낌은 여전했다.[24]

"가끔은 주목받는 생이고 싶다"는 시집 제목처럼 '인정욕망'은 우리 모두를 살아가게 하는 기본적인 에너지이다. 인정욕망이 자신을 과도한 경쟁심과 성취욕으로 몰아가지 않는다면 나쁘지 않다고 생각한다. 인정욕망이 당신을 괴롭히고 있는 것이 아니냐 조언하려 하면 대부분의 사람들은 손사래를 치며 인정하고 싶어 하지 않는다. "저는 그런 사람이 아니에요!"라고 강하게 반발한다. 아마도 자신은 성공에 눈이 멀거나 과시욕에 넘치는 사람이 아니라는 의미일 것이다. 그렇다면 우리는 눈에 띄지 않는, 아무것도 아닌 '노바디'의 삶을 지향하는 것일까? 가끔은 누구나 알아봐 주는 스페셜한 '섬바디'이고 싶지 않을까? 자신을 성별, 나이, 직업이 아닌 자신만의 '고유함'으로 구별되기를 욕망하지 않는가? 나는 '실패자의 자기합리화'라는 말에서 진단하기 어려웠던 J의 아킬레스건을 발견했다. 가끔은 섬바디가 되고 싶은 노바디의 우울함이 느껴졌다.

김영하는 산문집『여행의 이유』에서 여행자가 느끼는 정체성의 혼란을 '노바디'와 '섬바디'라는 표현을 통해 적절하게 설명한다. 우리는 때로 지금의 정체성에 벗어나 아무도 모르는 사람이 되기 위해 여행을 떠나기도 하고, 낯선 곳에서 누군가 자신을 알아봐 주기를 기대하기도 한다. 여행이 인생에 대한 오래된 '비유'라는 것을 염두에 두면 우리의 인생은 노바디와 섬바디를 오고 가는 여행이라는 생각이 든다.

이타케의 왕이자 트로이의 영웅인 오디세우스도 바다 위에서는 '아무것도 아닌 자'에 불과했다. 그는 순간순간 낯선 이방인들에게 자신의 존재감을 인정받고 싶어 했다. 그 허영과 자만심이 위기를 가져왔고 집으로 돌아가는 길을 십 년이나 지연시켰다. 김영하는 말한다.『오디세이아』는 오디세우스가 자신의 허영과 자만심이 가져온 위험을 겪으며 신중하고 겸손한 사람으로 성장해 가는 이야기라고. 허영과 자만심이 아니라 신중과 겸손이 오디세우스의 이름을 찾아주었다. 그러니 섬바디가 되고 싶으면 오디세우스처럼 스스로를 낮추는 노바디로 움직여야 한다고. 혹은 그렇게 '아무것도 아닌 자'가 되는 시간들을 꿋꿋하게 보내야 한다고.

돌아보면 내 인생은 온갖 중독과의 싸움이었다. 십오 년을 피우던 담배를 끊는 데 겨우 성공한 것은 서른세 살 때였다. 그전까지 침대에서도 담배를 피우는 골초였다. 『빛의 제국』을 쓰던 2006년 무렵에는 매일 밤 위스키와 맥주를 섞은 폭탄주를 만들어 마셨다. 그래야 잠이 들었다. 이 버릇을 고치는 데에도 또 몇 년이 걸렸다. 컴퓨터 게임들에도 쉽게 중독되었다. (중략) 시간이 많이 흐른 후에야 그 시기에 내가 겪은 것이 단순한 게임 과몰입이 아니라 가벼운 우울증이었을 수도 있다는 생각이 들었다. 인생이 뜻대로 풀리지 않던 시절이면 나는 무엇에든 쉽게 중독되어 자신을 잊기를 바랐다.[25]

이제 J의(그리고 나의) 알코올의존증이 조금 설명된다. 우리는 자신이 '아무것도 아닌 자'로 규정되는 것을 잊기 위해 도피처를 만든다. 술·담배·게임·쇼핑·여행 기타 등등의 우리가 빠져드는 아름다운 것들. 이해하기 어려운 들뢰즈, 데리다, 한나 아렌트 같은 철학 책 속으로 내가 파고 들어 갔다면 J는 멕시코, 쿠바, 아르헨티나, 칠레, 볼리비아 등 지구 반대편의 남미로 날아갔다.

J의 '세계 테마 기행'

J는 최근 몇 년 사이 두 번이나 혼자 남미로 여행을 다녀왔다. 그것도 한 달씩이나 장기 여행으로. 여행을 준비하며 라틴댄스 학원을 다녔다는 말을 듣고 그가 여행 준비와 계획을 철저히 하는 사람이라 생각했다. 그런데 아니란다. 몇몇 일정과 숙소 예약을 제외하곤 대부분 비워진 채로 여행을 떠난다고 한다. 그때그때 상황에 따라 일정과 코스가 바뀌는 게 재미있고, 일정이 안 맞아 하루 이틀 할 일 없이 빈둥대거나 멍 때리며 시간을 보내는 것을 즐긴다. 이런 사실도 여행을 통해 알게 되었다고 기뻐했다.

"한번은 저녁에 도미토리에서 사람들과 맥주를 마시다가 다음 날 갈 관광지의 차편을 알아보고 있었어요."

뭔가 극적인 전개를 기대하며 J를 쳐다봤다. 지구 반대

편까지 갔으니 아즈텍의 신비, 삼바의 정열, 안데스의 별빛, 이과수 폭포의 장엄함 같은 경이로운 이야기를 들려줄 것을 기다리고 있었다.

"그때 한 사람이 제게 물어봤어요. '너 뭐하니?' 그래서 내일 차 시간을 알아본다고 했더니 소리를 빽 지르는 거예요. '왜 내일 걱정을 해? 맥주 마셔! 지금 맥주 마시는 시간 이잖아'"

이 한마디가 J에게 각성을 가져왔단다. 아마 짧은 영어로 의사소통을 하다 보니 더 강한 임팩트가 전달되지 않았나 싶다. J의 '세계 테마 기행'은 천연 조미료를 넣어 요리한 음식처럼 '건강한' 심심한 맛이 났다. 유명 관광지를 굳이 가보려 하지 않았고 시장을 구경하며 뭐든 사먹는 게 재미있었고, 남미 사람들의 여유 있는 모습이 보기 좋았다고. 그들에게 자신이 가지지 못한 '낙관' 같은 것이 있다고 느꼈고, 무언가를 해야 한다는 강박을 버리고, 그날그날을 사는 것도 괜찮다는 생각이 든 여행이었단다. 그날그날 그냥 사는 것도 나쁘지 않다는 생각을 하고 돌아오니 학원에서 만나는 학생들도 달리 보였다고 한다. '왜 저렇게 공부를 안 할까…' 예전에는 그런 모습을 이해하기 힘들었는데 그럴만한 이유가 있겠거니 하고 말을 거니 학생들도 선선히 자신에게 마음을 보여주었단다. 이 무슨 이비에스EBS다운 전개인가?

아르헨티나의 소고기와 와인이 싸고 맛있었다는 J에게 마지막으로 물었다.

"왜 알코올의존증을 걱정해? 사회생활에 지장을 줄 정도로 술을 마시는 것도 아닌데?"

"나쁘지 않은데, 내가 술을 안 마시면 이야기를 못 한다고 생각하는 것 같아요. 술이 있어야 뭘 할 수 있다고 생각하는 게 자유롭지 않다는 거잖아?"

도대체 J는 왜 알코올의존증에 대한 처방을 의뢰한 것일까? 알코올의존증을 염려하고 치료해야 할 사람은 그가 아니라 나다. 나는 알코올의존증을 치료할 생각조차 하지 않는 만성질환 수준인데, 그는 이미 자신의 음주에 대해 거리를 두고 바라보는 자기 객관화 단계에 이르렀다. 나도 철학 책 속으로 파고들어갈 것이 아니라 집 밖으로 여행을 떠나야 했을까? 술은 '해방'의 상징인데 그는 해방이 아니라 '자유'를 말한다. 왠지 그는 '섬바디'고 나는 '노바디'로 밀리는 기분이다.

나에게도 그에게 들려줄 이야기가 하나 있다. 인생을 자동차라고 비유해 보자. 자동차가 움직이기 위해서는 '기어'를 변속해야 한다. 잘 나가고 싶다고 기어를 주행D에만 놓고 운전할 수는 없다. 후진R도 해야 하고 평행N에도 놓아야 하고 운전을 마칠 때는 항상 주차P에 기어를 위치시켜야 한다. 기어가 주행에만 가 있는 자동차는 쓸 데가 없다. 그러니 인생에는 섬바디의 날도, 노바디의 날도, 음주의 날도, 여행의 날도, 그밖에 '한눈팔 것'들이 모두 필요하다. 적절하게 변속할 수 있는 재량과 함께.

　나보다 기어 변속을 더 잘하는 J이지만 '문학처방전'답게 앞으로도 그의 여행이 순조롭기를 기원하며 김영하의 문장을 옮겨 적어본다. 아마도 그는 노바디의 우울이 심해질 때 다시 가방을 싸서 보다 적극적으로 '아무것도 아닌 자'가 되는 길로 걸어가리라.

　그러니 현명한 여행자의 태도는 키클롭스 이후의 오디세우스처럼 스스로를 낮추고 노바디로 움직이는 것이다. 여행의 신은 대접받기 원하는 자, 고향에서와 같은 지위를 누리고자 하는 자, 남의 것을 함부로 하는 자를 징벌

하고, 스스로 낮추는 자, 환대에 감사하는 자를 돌본다. 2800여 년 전에 호메로스는 여행자가 지녀야 할 바람직한 태도를 오디세우스의 변화를 통해 암시했다. 그것은 허영과 자만에 대한 경계, 타자에 대한 존중의 마음일 것이다.[26]

황정은을 좋아하기 위해 치러야 하는 대가

내게는 아무 일도 일어나지 않았다. 이 무사無事는 누군가의 분투를 대가로 치르고 받는 것이라는 생각을 종종 한다. (중략) 아무 일도 일어나지 않아서 숨 막히는 '말'들이 있다는 걸 아니까, 이 고요의 성질에 질식이라는 성분이 있다는 걸 아니까, 어디로도 가지 않고 이렇게 유지하는 고요가 그래도, 그래서, 나는 좀 징그럽습니다. [27]

황정은의 에세이집 『일기』는 작고 예쁘다. 친구에게도 가벼운 마음으로 선물했다. 내가 좋아하는 작가의 책이니 친구도 좋아할 거라는 생각으로 택배를 보냈다. 그런데 읽다 보니 좋은 선물이었는지 불안해진다. 나에게는 불편하게 읽히는 책을 친구는 어떻게 읽고 있을지 궁금하다. 나에게는 질책으로 다가오는 황정은의 말을 친구는 어떻게 독해하고 있을지 걱정스럽다.

이런 걱정이 들어 황정은의 『일기』를 여러 번 읽었다. 그러면서 든 생각은 내가 힘들게 읽은 만큼 황정은 또한 힘들게 썼겠구나 하는, 이상한 동질감이다. 독자가 작가를 걱정할 필요가 있을까 싶지만 나도 힘들게 읽고 그도 힘들게 썼으니 피장파장이라는 결론을 내렸다.

읽기에 무엇이 힘들었을까? '징그럽다'는 그의 생생한 감정이다. 나의 무사無事함이 누군가가 분투한 대가라는 것을 헤아리기는 쉽지 않다. 무한 경쟁과 탐욕의 시대, 무사하고 무탈함을 바라는 것은 욕망의 기본값 아닐까? 그런데 오늘날은 '보통'이라고 말하는 것들이 결코 보통의 대가로 이루어지지 않는 시대다. 무사한 보통의 삶은 많은 비용을 치를 수 있어야 가능하고 무사하지 못한 사람들의 부당함을 모르는 척해야 유지되는 '고요'이다. 이런 자책감을 불편함 정도가 아니라 '징그럽다'는 강렬함으로 표현하는 작가의 말투가 내게는 따갑게 느껴진다.

『일기』에서 황정은은 내내 자신의 까칠함을 드러낸다. 전자책을 '견딜 수 없다'고 말하고는 곧, 전자책도 누군가 노동으로 만들어내는 결과물일 텐데 그 과정을 잘 모르면서 '견딜 수 없다'고 말해도 될까, 망설인다. 이웃들의 공터에 대한 관심을 '안다'고 쓰려 했다가 "안다고 말하는 순간 나는 내가 그걸 모른다는 것을 안다. 알아버린 것을 모르는 척, 안다고 말해야 할 때 나는 순진한 척을 하며 무언가를 단념하고 있고 그래서 안다고 말하는 것이 내게는 늘 얼마간 책임을 지는 일로 느껴진다"고 숨김없이 실토한다.

난감한 상황에서 흔히 "그런 일이 있었는지 몰랐어"라고 말하는 비겁한 변명에 대해 황정은은 무지는 '게으름'이라고 '덮어쓰기' 한다. 차별받았다는 생각에 분노할 줄은 알지만 차별한다는 자각이 없는 삶은 '무능력'이라고 단호히 말한다. 그런 자신의 태도에 대해 '정치적'이라는 꼬리표를 붙이는 사람들에 대해서도 반박을 멈추지 않는다.

이런 이야기를 하면 너무 정치적이라는 말을 듣곤 한다. 그런데 나는 누가 어떤 이야기를 굳이 '너무 정치적'이라고 말하면 그저 그 일에 관심을 두지 않겠다는 말로 받아들인다. 다시 말해 누군가가, 그건 너무 정치적, 이라고 말할 때 나는 그 말을 대개 이런 고백으로 듣는다. 나는 그 일을 고민할 필요가 없는 삶을 살고 있다.[28]

황정은의 작품을 좋아한다고 쉽게 말할 수 없는 곤란함이 있다. 그의 윤리적 감수성은 베일 듯 날카롭고 그 날카로움에 피투성이가 안 될 자신이 없다. 알려고 하지 않는, 알지 않으려 의지적으로 노력하는 사람들에 대해 '상투적인 어른'이라 질책하는 문장은 매섭다. 황정은의 작품을 좋아하기 위해 나는 어떤 대가를 치러야 할까?

룸메이트, 내 인생의 피해자 1호

선영은 대학 시절 나의 룸메이트였다. 2학년 때부터 첫 직장에 다니던 때까지 5년을 같이 살았다. 그 사이 내가 1년

휴학을 해서 선영과 나의 졸업년도는 다르다. 휴학생과 학생, 3학년과 4학년, 4학년과 직장인으로, 어느 순간부터 우리의 행동반경은 달라졌다. 하지만 방 하나를 같이 쓰는 사이로서 흉허물이 없었다.

결혼을 결정하고 나서 엄마에게 말하기보다 선영에게 말하는 것이 더 미안했다. 웃기지만, 친구를 혼자 두고 떠난다는 생각이 죄책감처럼 달라붙었다. 물론 선영은 내 결혼 소식에 크게 서운해하지 않았다. 어쩌면 속 시원해했는지도 모르겠다. 선영과 사는 5년 동안 내가 방 청소를 한 날은 손에 꼽을 정도다. 엠티에 가서도 일찍 자고 일찍 일어나 해장국을 끓여놓는 내공에서 알 수 있듯이, 선영은 룸메이트 없는 셈치고 혼자 그 방에서 잘 치우고 살았다.

그래서 우리 사이가 안 좋았을까? 그랬다면 5년을 같이 살지 못했을 것이다. 우리는 같은 동아리였기 때문에 우리 방은 늘 동아리 선후배들로 북적였다. 우리가 없어도 방에는 한두 명의 친구들이 어슬렁거렸고 사생활은 거의 없었다. 학년이 다르고 듣는 과목도 달랐지만 함께해야 하는 동아리 일이 많았기 때문에 우리는 운명 공동체였다. 신입생 모집, 엠티, 작품집 발간, 졸업생 환송회 같은 어지간한 일은 둘이 후다닥 해치웠다. 성향과 기질이 달랐지만 크고 작은 톱니바퀴들이 맞붙어 잘 굴러가는 것처럼 우리는 티격태격하면서도 늘 붙어 다녔다.

지금 생각해 보면 이건 선영의 배려 때문에 가능한 일이었다. 지금처럼 N분의 1의 법칙이 칼같이 적용되는 시기였다면 우리의 동거는 오래가지 못했을 것이다. 집안일이라고는 할 줄 모르고, 할 생각도 없는 나를 '태생적으로 이기적'이라 어쩔 수 없다고 단념한 선영. 그녀의 'K-장녀'다운 아량과 배포 덕분에 나는 간신히 얹혀살 수 있었다(선영은 남동생이 둘이나 있는 명실상부한 K-장녀). 선영이는 '내 인생의 피해자 1호'일지도 모른다. 나의 대학 생활은 룸메이트 덕분에 '나 잘났다'는 신념을 가지고 살 수 있었다. 집을 나왔으니 간섭하는 부모도 없었고 같은 집에 사는 룸메이트와 신경전을 벌일 일도 없었다. 내 자존감의 원천은 부모의 무관심과 룸메이트의 인내심 덕분이다.

나같이 '태생적으로 이기적'인 룸메이트도 거뜬히 감수하며 살아간 공덕으로 선영의 삶은 무탈하게 흘러갔다. 경상도 여자답게 말은 무뚝뚝하게 했지만 누구에게도 '모난' 소리 하지 않는 친절한 사람이란 걸 숨길 수 없었다. 때문에 학교에서도 직장에서도 인기가 많았다. 나만 해도 별일 없을 땐 나 몰라라 지내다가도 어려운 일이 닥치면 선영을 찾았다. 선영은 입으로는 싫은 소리를 해도 산타클로스처럼 작은 선물들을 잊지 않았다. 립스틱, 원두커피, 와인, 수제 비누 같은 걸 꼭 가지고 왔다. 이런 선물은 받을 때는 모르지만 헤어지고 혼자 지하철을 타고 돌아갈 때쯤 꺼내 보면 부적처럼 의지가 되고 위로가 됐다. 선영을 만나면 세상 무서운 줄 모르고 기고만장하던 그때로 돌아간 것 같은 느낌이 들었고, 안심이 됐다.

언제 찾아가도 내게 밥 한 끼 사줄 사람이 있다는 든든함은 바람 빠진 풍선처럼 후줄근해진 마음을 조금은 부풀어 오르게 한다.

'다른 사람이 애써 만들어낸 것으로 내 삶을 구한다'

선영은 작년에 위암 수술을 받았다. 1기에 발견되어 다행이지만 종양의 위치가 나빠 위를 반 이상 절개했다. 늘 '받기만' 하던 내가 드디어 무언가를 주어야 할 순간이 왔다.

무엇을 주어야 할까? 따뜻한 말 한마디, 정성 들인 밑반찬, 알짜배기 의학 정보…. 뭐든 들고 달려가려는 내게 선영은 말했다. "나중에 보자. 지금은 앉아 있기도 힘들고." 그 말투가 평소의 무뚝뚝함을 넘어서는 서늘함이라 이내 수긍하고 말았다.

선영의 삶이 무탈하다고 했지만 위암 수술 이후, 그동안 지나온 시간들을 생각해 보니 전혀 무탈하지 않았다. 선영의 부모님은 20년 전쯤 한 해 걸러 모두 돌아가셨다. 아버지의 죽음은 식도암 말기 판정을 받은 이후여서 어느 정도 마음의 준비를 했었다. 하지만 그다음 해 어머니가 심장마비로 돌아가셨을 때, 모두 충격을 받았다. 그해 선영의 어머니는 막 정년퇴직을 한 직후였다. 아버지와 어머니의 죽음 모두 가족력의 영향이 컸기에 일찍 부모를 잃은 선영 남매는 건강관리에 신경 쓰며 살았다. 그럼에도 불구하고 위암 진단과 수술을 마치고 나니 선영은 조금 억울했다고 한다. 모두들 일찍 발견해서 다행이라고 하는 말도 듣기 싫고, 조심해도 안 되는 일이 있다는 걸 받아들이는 건 맥이 빠지는 일이기도 했다. 수술 후 선영은 다섯 끼를 하루에 조금씩 나누어 먹는 것이 귀찮고 짜증났지만, 그것보다 더 힘든 건 다시 예전과 같은 일상으로 복귀할 수 있을지 알 수 없는 불확실성이었다고 했다.

"부모의 이른 죽음을 보고 죽음이 그리 멀리 있는 게 아니구나, 하는 생각을 하게 됐어. 죽음을 생각하며 사는 건 나쁘지 않아. 그런데 '일찍 세상을 떠난 엄마의 인생이 너무 짧았구나!' 하는 생각이 들면 마음이 안 좋아. 자식이 결혼해서 자식과 똑 닮은 손자를 낳았는데 그 얼굴을 봤으면 얼마나 좋아했을까 싶고. 그걸 못 보고 돌아가신 게 아쉽지."

선영이 앉아 있을 체력이 생겼을 때쯤 만나, 우린 오랜 시간 이야기를 나눴다. 위암 수술을 마친 친구를 위로하고자 만났지만 그 자리에서 우리가 가장 많이 나눈 얘기는 부모님의 죽음이었다. 아무리 열심히 건강관리를 해도 유전자의 힘은 강하고 그걸 거스를 수 없다는 생각이 들면 냉소적이 되기 쉽다. 그보다 선영은 부모의 이른 죽음을 안타까워했다. 그리고 그때, 자신도 경황이 없어 동생들을 살피지 못해 그 애들이 트라우마와 건강염려증을 갖게 된 것 같다고 아쉬워했다.

선영은 수술 6개월 정도 후 다시 일에 복귀했고, 식습관 조절에도 어느 정도 적응했다. 아직 여행 일정을 잡는 게 조심스럽다고 하지만, 일상생활에서 속도가 느려진 것 말고는 달라진 점이 거의 없다. 언제나 안달복달하지 않고 그러려니 살아가는 선영의 모습이 의아했는데, 이번에도 선영은 호들갑 떨지 않고 이 고비를 넘길 것이다.

문제는 나다. 선영이 서른의 초입에 때 이른 부모의 초상을 치를 때 나는 문상객으로 조문을 다녀왔을 뿐이다. 그때 아이들이 태어나 정신없을 때라고 하지만 그의 인생에 충격적인 사건일 수 있었는데 옆에 있어주지 못했다. 당시 선영의 막냇동생은 대학생이었다. 졸지에 부모를 잃은 남매가 어떻게 생활을 꾸리고 직장생활을 시작하고 결혼 준비를 했는지 나는 세세히 알지 못한다. 처리해야 할 번거로운 일에 일손을 보태지 못했다. 이번에도 마찬가지이다. 수술 후 오지 말라는 친구에게 어떻게 대꾸해야 할지 몰라 우물쭈물했다. 위로에도 연습이 필요하다.

요즘은 거의 매일 일기를 쓰고 있다. 일기를 쓰면서, 문장을 쓰는 동안 쌓인 스트레스를 푼다. 소설 문장을 쓰느라고 긴장한 뇌를 이리저리 풀어준다는 느낌으로, 아무렇게

나 쓴다. 하지만 어느 날엔 문득 용기가 사라지고 그런 날엔 소설도 일기도 쓸 수 없다. 그럴 땐 음악의 도움을 받는다. 다른 사람이 애써 만들어낸 것으로 내 삶을 구한다. 음악 한 곡을 여덟 번 열 번 반복해 듣는 것이 어떻게 삶을 구할 수 있기까지 하느냐고 누군가는 물을 수도 있겠지만, 그런 일이 일어난다. 〈믿을 수 없는 이야기〉(넷플릭스 오리지널 2019)의 두 형사, 그레이스와 캐런은 한 번도 만나지 못한 마리의 삶을 본인들의 일로 돕는다. 누군가의 애쓰는 삶이 멀리 떨어진 누군가를 구한다. 그런 일은 종종 일어나며, 픽션 드라마에서나 일어나는 일도 아니다.[29]

선영이 나에게 그랬던 것처럼 누군가 애써 만들어낸 것이 다른 사람의 삶을 구한다. 나는 황정은이 애써 쓴 문장을 빌려 친구에게 그 시절의 무사함에 대해 '고마웠다'는 인사를 뒤늦게 해본다. 위로보다 먼저 해야 할 것은 감사였다.

날카로운 윤리 의식과 날렵한 상상력

황정은의 소설을 좋아한다. 그의 소설은 대개 비슷하다. '다크'하다. 그가 그려내는 빈곤의 모습은 평면적이지 않다. 빈곤을 다루되 예의를 갖추고 있다는 느낌을 준다. 무심한 듯 다정하고 단정한 그의 문장을 읽으면 함부로 말하지 않기 위해 노력한 수고가 떠오른다. 황정은은 상투적이고 진부하게 들릴 수 있는 말을 그렇게 내버려두지 않기 위해 애쓴다. 기꺼이 알고자 하고 제대로 인식하고 정직하게 책임지고 발언하려는 태도가 존경스럽다. 그러나 그의 문장은 가끔 매서운 질책의 말로 다가오기도 한다. 나는 그만큼 정직하지 못하고 무책임하기 때문이다. 황정은의 책을 읽을 때 따라오는 부작용 가운데 하나가 이런 후회와 자책감이다.

　『일기』를 읽으며 황정은도 나처럼 후회하고 자책하며 계속 글을 쓰고 있다는 것을 알 수 있었다. 내가 황정은의 책을 좋아하기 위해 치러야 할 대가는 아마도 그의 문장에 찔려 피를 흘리면서도 부끄러워하며 계속 읽어나가는 일일 것이다. 불편한 독서는 무뎌지려는 마음에 파란을 일으킨다. 『일기』의 뒷부분에 실린 「혼」이 만들어낸 파란은 오래도록 마음에서 요동쳤다. 자신의 상처를 탐문하는 과정을 거쳐 자신과 같은 상처로 괴로워하고 있을 누군가를 위해 메시지를 보낸다. "수치심은 당신의 몫이 아니라고, 당신의 잘못이 아니라고. 아니라고." 황정은은 자신을 옭아매는 것에 함몰되지 말고 존엄함을 스스로 지킬 수 있는 상상의 힘을 잊지 말라고 거듭 당부한다.

가혹한 현실에 시달려 손상된 사람이라기보다는 상상에 상상을 거듭하며 현실 너머로 건너가는 사람이었다. 그의 상상이 현실을 밀어내며 엉뚱하게 팽창하는 순간을 나는 좋아했고, 그가 어른들 앞에서 비교적 의젓하고 무력하지 않을 수 있는 까닭이 그 상상력에 있다고 생각했다. 앤이 하는 것처럼 앤처럼, 나에게도 상상력이 있다고 믿으며 상상으로 빠져든 시간이 내게도 있었고 그 상상들 중에 무언가는 내게 도움이 되기도 했을 것이다. 나는 그가 부럽기도 했다.[30]

내게 황정은의 날카로운 윤리적 감수성이 부담스럽다

면, 그의 상상력에는 조금 가볍게 편승하고 싶은 마음이 든다. 난관에 부딪쳐 옴짝달싹할 수 없을 때 필요한 것은 용기이고 용기는 다르게 생각할 수 있는 상상의 힘에서 나온다. 황정은이 사랑하는 빨간 머리 앤처럼. 지금 용기가 필요한 모든 사람에게 앤의 날렵한 상상력을 공유한다. 그러고 보니 오래도록 상상력을 발동시키지 않고 살아왔다. 지금 여기 부재하거나 불가능한 일에 대한 기대감이 줄어서 그런 것 같다. 아파트 분양이나 공모주 청약처럼 이미 정해진 일을 해치우는 데 에너지를 다 써버려서 그동안 다른 생각을 해볼 엄두가 나지 않았다.

늦은 감이 있지만 녹슨 상상력에 시동을 걸어본다.

출근하는
래퍼

장 트러블 에
백민석의 「멍크의 음악」 을
처방합니다

장은 건강하지 않은데, 멘탈은 건강하다

현수는 내가 알고 있는 사람 가운데, 장 트러블 분야의
'대표선수'이다. 장은 스트레스와 관련이 깊은 장기이다.
세로토닌은 행복한 감정을 느끼게 해주는 신경전달물질
인데 세로토닌의 90퍼센트가 장에서 만들어진다. 장은
제2의 뇌라고 불릴 정도로 수많은 신경세포가 분포되어
있다. 장 신경세포들은 뇌의 신경세포와 긴밀하게 소통하

기 때문에 더욱 스트레스에 취약하다. 스트레스를 받으면 소화가 잘 안 돼 체하거나 복통으로 고생하는 것은 우연이 아니다. 장에 좋지 않은 음식으로는 당이 많이 들어 있는 음식, 인스턴트식품, 패스트푸드, 고지방 식품, 밀가루 등이 있는데, 우리가 스트레스를 풀기 위해 먹는 대부분의 음식들이다. 장은 스트레스에 취약한데 스트레스를 풀기 위해 먹는 음식들 때문에 장 건강은 더욱 악화된다.[31]

이십 대 래퍼 현수는 고등학교 2학년 때 학교를 그만뒀다. 래퍼로서의 생활에 학교 공부가 도움이 되지 않는다고 생각했기 때문이다. 현수의 라이프스타일은 학교와 직장에 다니는 사람보다는 불규칙적이다. 주 5일 출근하거나 등교해야 해서 정해진 시간에 일어나고 잠자리에 들어야 하는 것이 아니니 일상의 강제력이 느슨한 편이다. 춘천에 있는 집에서 나와 자취를 하고 있어 균형 있는 식사를 하기 어려운 조건이고, 인스턴트식품이나 패스트푸드 의존도가 높을 수밖에 없다.

"춘천 시내에 있는 모든 건물의 화장실이 어디에 있는지 알아요. 언제든 신호가 오면 달려가야 하기 때문에 모든 건물의 화장실을 써봤죠. 저 때문에 우리 팀 공연 순서가 뒤로 미뤄진 적도 있어요. 그땐 저 한 사람의 문제가 아니라 팀 전체에 피해가 가는 상황이라 진짜 심각했어요."

현수는 장 트러블이 있을 때마다 체력 소모가 크고, 뾰루지가 등에 나면 눕기도 힘들어서 일상생활이 힘들다고 호소했다. 그러나 음악 작업을 하다 보면 밤낮의 리듬이 깨지기 쉽고 야식의 유혹을 물리치기 힘들다고 했다. 때문에 장 트러블의 악순환이 계속된다고 하소연했다.

이런 불규칙한 생활 패턴과 식생활은 현수뿐 아니라 대부분의 이십 대에게 있는 공통적인 특징이기도 하다. 이십 대들이 즐기는 게임, 유튜브, SNS 등은 밤낮의 구분이 없다. 내키는 대로 먹고 자고 즐기는 것을 선호하는 이십 대에게 장 트러블은 필연적으로 따라오는 질병이다. 여기에 요즘 이십 대가 느끼는 취업에 대한 강박을 생각해 보자. 스트레스에 압사되기보다 아이스크림, 치킨, 마라를 선택한 그들의 방어책을 탓할 수만도 없다. 그러니 장내 유익균을 길러준다는 프로바이오틱스나 장내 유익균의 먹이가 된다는 프리바이오틱스 등 유산균 제재가 홈쇼핑 시장을 장악하고 있는 건 당연하다. '스트레스-야식-유산균'의 카르텔을 거부하는 건 오늘날 실존을 건 투쟁에 맞먹는 일이다. 일찌감치 학교를 포기하고 음악의 길을 가겠다고 결정한 현수는 그나마 취업 스트레스에서 자유로운 입장이다.

현수는 '음악으로 먹고 살 수 있을까?' 괴로워하기보다 지금 자신이 '음악으로 할 수 있는 일이 무엇이 있을까?' 궁금해했다. 래퍼로서 자신의 음악을 만드는 것도 좋지만 지금은 음향에 대한 기술을 익히는 일도 재미있다며 최근 구입한 장비에 대한 호기심에 들떠 있었다. 〈쇼미더머니〉 시즌이 돌아오면 지원 영상을 보내지만 떨어져도 크게 낙담하지 않는 현수. 그에게서 취업에 시달리는 이십 대의 만성 불안이 느껴지지 않았다. 현수는 장은 건강하지 않을지 모르지만 멘탈은 건강했다.

장 건강이 나빠서 세로토닌이 부족하지만 별로 불행해 보이지 않는 래퍼. 이걸 문제로 봐야 할까? 아니면 내가 현수의 속사정을 잘 모르고 있는 것일까?

힙합을 공부하다

그래서 공부를 좀 했다. 도대체 힙합은 무엇이고 래퍼는 어떤 애로 사항이 있는지 알기 위해서. 나는 〈쇼미더머니〉와 〈고등래퍼〉 애청자지만 '귀에 꽂히는 랩이 좋은 랩이다' 정도의 상식뿐, 힙합에 대해 아는 바가 없었다.

Chapter 1: Sampling

샘플링은 힙합의 장르적 핵심이다. 각자 비트를 만드는 것이 아니라 다른 곡의 비트를 가져다 비피엠BPM을 줄이거나 늘리면서 원곡을 토막 내고 재배열한다. 원곡의 보컬이 랩의 배경으로 쓰일 수 있고 열 개의 원곡에서 추출한 열 개의 다른 소스를 콜라주해서 한 개의 곡을 만들 수 있다.[32] 이런 파격과 재창조의 미학을 이해하는 것이 힙합의 '쌩기초'라 할 수 있다.

Chapter 2: Spit your mind

힙합의 장르적 전통은 가사는 자신이 직접 써야 한다는 것이다. 자서전 같은 음악이라 할 수 있다. 이때 중요한 것이 자신의 가장 밑바닥에 있는 생각을 그대로 꺼낼 수 있어야 한다는 점이다. 날것의 감정과 태도가 힙합에서 가장 매력적인 부분이다. 그래서 랩은 정신 건강과 밀접한 관련이 있다.

Chapter 3: IDGAF(I Don't Give A Fuck)

IDGAF는 남의 시선과 기분을 맞추기 위해 자신의 행복을 잃지 말라는 것이다. 얼핏 들으면 멋대로 행동해도 된다거나 남에게 피해를 끼쳐도 상관없다는 뜻으로 해석될 수 있지만 그건 아니다. 혹자는 이렇게 말한다. "'과도한 눈치 보기'와 '남의 기분을 망치지 않으려고 자신의 행복을 스스로 걷어차는 행위'가 지금 우리 사회에서 '예의'나 '배려'라는 허울로 통용되고 있지 않나 고민해 보자는 것이다."[33] 쉽게 말해서 자신의 욕망에 솔직하자는 에티튜드라고 볼 수 있다.

정리하고 보니 뭐 이렇게 건전한 음악이 있을까 싶다. 가식과 위선 없이 자유를 구가하고 남의 시선을 의식하지 않는 삶이라니! 멋지다. 우리 모두가 원하는 삶의 모습 아닐까? 최소한 철학 책에 밑줄을 그으며 어떻게 살면 좋을지 갈피를 못 잡고 있는 내가 지향하는 삶의 모습이다. 랩 가사의 디테일에 감탄하곤 했는데 그건 다 이런 에티튜드가 밑바탕에 깔려 있기 때문이었다는 생각이 든다.

글로만 힙합을 공부할 수 없어 현수가 요즘 많이 듣는다는 '리짓군즈'의 음악을 유튜브에서 찾아 들어봤다. 이론과 실제는 달라서 책을 좀 읽었다고 음악이 귀에 더 잘

들어오지는 않았다. 좋긴 좋은데, 정확히 뭐가 좋은지 알
수 없었다.

음악을 몰라서 미안해, 「멍크의 음악」

'무엇을 놓치고 있는 것일까?' 막연했던 차에 백민석의
『버스킹!』에 수록된 「멍크의 음악」을 읽으며 약간의 힌트
를 얻을 수 있었다. 멍크는 재즈피아니스트이며 작곡가이
다. 그의 생계는 클럽이나 레스토랑 무대에서 거슈윈이나
웨버의 뮤지컬 히트송을 연주하고 받는 돈으로 꾸려진다.
테헤란로에 있는 금융회사 빌딩 로비에서 5년째 피아노를
연주하고 있다. 하지만 그곳에서 자신의 음악을 연주하지
않는다. 그 대신 이적이나 아이유의 곡을 연주한다. 그럼,
멍크의 음악은 어디에서 들을 수 있을까? 멍크는 꾸준히
데모 테이프를 만들어 음반 기획사 문을 두드린다.

정말 오랫동안, 그는 거절당할 줄 뻔히 알면서도, 음반 기
획사들의 문을 두드리는 일을 그만두지 않았다. 그는 노

크를 하고 문을 열고 들어가 데모 테이프를 건네준다. 데모 테이프를 매번 거절하는 어떤 직원은 너무 오래 봐서 친구처럼 느껴지기도 한다. 한 친구는 사환일 때 만나서 어엿한 독립음반사의 대표로 다시 만나기도 했다. 물론 그렇다고 해서 그 친구들이 그의 데모 테이프를 거절하지 않는 것은 아니다.[34]

멍크는 대중적인 인기를 얻지 못하는 뮤지션의 전형과 같은 인물이다. 또는 스타들의 다큐에서 어려운 시절을 낭만적으로 재현할 때 나올 법한 인물이기도 하다. 「마지막 잎새」를 비롯해서 그렇게 그려지는 예술가의 모습은 늘 '짠하다'. 매번 거절당하는 방문을 계속 해야 할 때 우리는 모욕과 수치심을 느낀다. 그러한 방문이 자의에 의한 것이 아니라면 어떤 수를 써서라도 그만두려 할 것이다. 그런데 그 방문이 본인에게 가장 소중한 일정이고 가장 원하는 방식이라면 숙연해진다. 누군가의 진심을 동정할 권리가, 우리에게는 없다. 그럼에도 불구하고 요식행위처럼 덧붙여지는 거절의 말은 그의 속을 쓰리게 할 것이고 그걸 보는 우리의 마음은 짠하다.

"멍크님이 가져온 이 음표들을 좀 보세요. 촉촉하지가 않 잖아요. 우린 촉촉한 음표들을 원해요."

어떻게 음표를 촉촉하게 만들지? 물뿌리개로 물이라도 뿌릴까.

"듣고 나도 가슴이 먹먹해지지가 않네요. 가슴에 멍 자국 을 남기지 않는 음악이 음악일 수 있는지 생각해보자고요."

음악이 주먹인가, 멍 자국을 남기게.

(중략)

어떤 프로듀서는 멍크에게 사회적 책임감을 요구했다.

"재즈 팬들을 올바른 방향으로 이끌어야 하지 않겠어요. 도입부의 아르페지오가 마르크스의 사상을 반영하도록 해보세요."

하지만 멍크에겐 책을 읽을 시간이 없었다.

"음악이 보험도 아닌데 무슨 책임을 져요?"[35]

이 부분을 읽으며 뜨끔했다. 내가 현수의 곡을 듣고 했 던 말이 이와 비슷했기 때문이다. 두 개의 랩 네임으로 활 동하는 현수는 한 달에 한 곡씩 유튜브에 신곡을 업로드 하고 있다. 구독자 122명이지만 현수의 계정에는 일주일

전, 1개월 전, 1년 전, 2년 전, 3년 전에 업로드한 곡들이 빼곡하게 올라와 있다. 이 가운데는 미니 앨범으로 나와서 기억하고 있는 곡도 있고 제목조차 생소한 곡도 있다. 확률로 보면 익숙한 곡보다는 낯선 곡이 더 많다.

클릭을 해보면 낯익은 현수의 목소리가 들려오지만 가사가 잘 들리지 않는다. 그 곡의 포인트가 비트에 있는지 멜로디에 있는지 믹싱에 있는지 가사에 있는지 알지 못한다. 그럼에도 불구하고 현수에게 "이번 음악 좋더라!"라고 대충 건성으로 말했다. 혹은 "가사가 좋더라"라고 좀 더 '아는 척' 했다. 그 말은 음악에 대한 피드백이라기보다 친분 관계를 유지하는 제스처였다. 내가 상투적인 말을 건넬 때마다 현수는 "아! 그래요"라든가 "감사합니다!"라고 예의 바른 대답을 했다. 하지만 내가 던진 말은 분명 공허하게 느껴졌을 것이다. 이런 무성의한 태도나 무신경한 말이 현수의 세로토닌을 감소시키는 것은 아닐까?

언젠가 현수에게, 음원 사이트에 올라간 자신의 곡의 저작권료가 정산되기 힘든 수준이라는 이야기를 들은 적이 있었다. 어느 정도 금액이 되어야 정산이 가능한데 그 기준이 인지도가 낮은 뮤지션에게는 맞추기 힘든 수치라는 것이다. 음원 사이트는 무명 뮤지션의 음악으로 플레이리스트를 풍성하게 하지만, 그 대가로 뮤지션들에게 지급하는 보상은 없다. 이런 시스템의 횡포도 현수의 장 건강을 악화시키는 데 적지 않은 기여를 했을 것이다. 혹은 〈쇼미더머니〉와 〈고등래퍼〉 시즌만 되면 우승자의 상금과 그들이 찍은 시에프CF의 모델료가 얼마인지 돈타령만 해대는 미디어나 앵무새처럼 그 말을 반복하는 나와 같은 대중들의 반응도 지겨웠을 것이다.

자신의 곡에서 현수는 이렇게 뱉었다. "좋긴 뭐가 좋아 또!" 맞다. 나는 뭐가 좋은지도 모르면서 "좋다"고 '영혼 없는' 말을 해왔다. 미안하다. 몰라서 그랬다.

'철벽'이 말랑말랑해졌다

현수에게 뻔한 말을 하지 않기 위해 찾아본 책 가운데 『래퍼가 말하는 래퍼』가 도움이 많이 됐다. '18명의 래퍼들이 솔직하게 털어놓는 힙합의 세계'라는 부제답게 그들의 성장담과 문제의식을 짐작해 볼 수 있는 책이었다. 그중 몇몇 인터뷰에 밑줄을 그었다. 내가 따로 들려줄 말은 없지만 현수가 읽으면 도움이 되지 않을까 싶은 내용이다.

제가 유명인들의 규칙이나 하루 루틴이 궁금해서 찾아본 적이 있어요. 그걸 배우면 그 사람들처럼 될 수 있을 것 같아서요. 그래서 퍼렐 윌리엄스 영상을 보게 됐는데 예상외로 되게 건강하게 사는 거예요. 오전 10시에 일어나서 스튜디오 가고, 스튜디오에서 저녁 7시까지 작업하고, 끝나고 돌아와서 운동하고 서류 확인하고 자고. 그걸 보고 저도 일단 스튜디오에 늘 나가 있어야겠다는 생각을 한 거죠. '삘'이 오든 안 오든.[36]

피아노 치는 래퍼 창모의 말이다. 래퍼의 자의식은 예술가이지만 현실은 프리랜서다. 자유롭게 쓸 수 있는 24시간을 스스로 컨트롤하지 못하면 자유는 곧 불안으로 바뀔 수 있다. 그 불안을 잠재울 수 있는 길은 자신만의 '루틴'을 만드는 것이다. 인문학 공동체에서 여러 가지 활동을 하고 있는 현수는 외부 일정에 의해 해야만 하는 일이 늘어나는 것이 버겁다. 하지만 그러한 강제력이 자신을

'단도리' 할 수 있는 방편이라고 생각하는 것 같다. 창모의 말에서 포인트는 "삘이 오든 안 오든"이다. 비가 오나 눈이 오나 공무원의 마인드로 출근하는 현수가 되었으면 하는 바람이다. 출근을 하다 보면 규칙이 생길 거고 규칙적인 생활이 잦 트러블에도 도움이 되지 않을까 싶다.

한동안 내 책상에서 '더 콰이엇'의 〈한강 gang〉과 '재달'의 〈Happy Day〉가 들려왔고 그들의 담담한 목소리에 위로를 받는 느낌이었다. '뭔 소리인지 모르겠다'는 고막의 '철벽'이 조금 말랑말랑해졌고, 간헐적으로 들리는 가사에 울컥하거나 감성이 촉촉해졌다. 앞으로 현수의 곡에도 이렇게 구체적으로 코멘트할 수 있었으면 좋겠다.

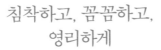

침착하고, 꼼꼼하고,
영리하게

우울증 **에**

백수린의 「폭설」을

처방합니다

'지쳤거나 좋아하는 게 없거나'

대학교수인 남편과 세 아이, 한적한 교외의 주택. 그의 조건을 떠올릴 때 Y는 별 문제가 없어 보인다. 이제 막 사십대에 접어든 나이를 생각하면 운이 좋은 편이라고 볼 수도 있다. 부부는 또래보다 일찍 생활의 기반을 잡았고 남편의 직업도 안정적이다. 그들 부부에게 위기라고 부를 만한 심각한 문제는 없을 것 같다. 정말 그럴까? Y의 남편은 지방 대학교수라 주중에는 학교가 있는 지역에서 지내고 주말에 집에 온다. 아이들은 네 살, 여덟 살, 열 살. 아직은 부모의 손이 많이 가는 때다. 남편은 아내에게도 혼자 있는 시간이 필요하다는 사실을 이해한다. 하지만 남편 없이 세 아이를 돌봐야 하는 육아 스트레스를 그대로 체감하지는 못한다. 막연히 아내가 힘들겠구나 짐작하는 정도. 그러나 짐작과 실제의 차이는 생각보다 크다.

"못 견딜 만큼 힘들지는 않아요. 그런데 의식하지는 못하지만 제가 혼자 아이들을 돌봐야 한다는 것에 긴장을 많이 하는 것 같아요. 그 긴장이 하루하루 쌓이다 남편이 올 때쯤, 참을 수 없다는 느낌을 받아요. 남편은 남편대로 학교와 집을 분리해서 생각하는 것 같고, 우리는 우리대로 남편 없는 생활에 익숙해지는 것 같고. 이런 가족 형태가 괜찮은지 모르겠어요."

부부는 일본 유학 시절에 만나 남편은 박사학위를 따고 Y가 석사학위를 마쳤을 때 결혼했다. Y의 전공은 '환경경영'이다. 대학부터 일본으로 유학을 갔던 Y는 국제외교에 관심이 많았고 그런 일을 하는 사람이 될 줄 알았다. 성공하지 못했지만 외무 고시를 2년 준비하기도 했다. 석사를 마치고 한국에 들어오자마자 결혼 생활이 시작되었다. '환경경영'이라는 전공을 살려 일을 하기는 쉽지 않았다. 기업경영에 환경정책을 제안하거나 연구 결과를 국가정책에 반영될 수 있도록 조직하는 일은 여의도에 몰려 있었다. 살림하고 아이 기르며 거기까지 출퇴근한다는 게 엄두가 나지 않았다.

"저는 지금 제가 가장 못 하고, 하고 싶지도 않았던 '전업주부'라는 직업을 가지고 살고 있어요."

Y의 첫인상은 '야생적이다'는 느낌이었다. 그 느낌은 사십 대 주부라기보다 싱글이 더 어울릴 것 같은 '소년미'에 가까웠다. 아이가 셋이고 전원주택에 살고 있다고 하니, 친환경적인 라이프스타일에서 그런 야생적인 분위기가 묻어나는 것이라 짐작했다. 건강하게 햇볕에 그을린 소년처럼 풋내 나는 활기와 성인에게서는 찾아보기 힘든 초롱초롱한 눈빛이 인상적이었다.

내 느낌과 달리 Y는 무기력과 우울을 이야기했다. 사실 자신은 활기찬 사람인데 자주 무기력감에 빠지며, 그 느낌이 너무 싫다고 했다. 견딜 수 없을 때 남편에게 아이들을 맡기고 무작정 서점으로 달려가 이 책 저 책 찾아본다. 어느 날엔가 『지쳤거나 좋아하는 게 없거나』[37]라는 책을 발견하고 자신의 무기력을 이해하게 되었다고 했다. 자신이 열심히 살지 않은 게 아니라 잠시 지쳐 있는 것일 뿐이라는 말이 위로가 됐다. 또, 좋아하는 걸 찾지 못했을 때 일시적으로 공허감이 들 수 있다는 말에 안도되었다고 한다.

모두가 짐작하듯 아이가 셋인 전업주부의 일은 많다. 아이들이 아플까 걱정되고, 공부도 봐주어야 한다. 친구 관계도 신경 써야 하고, 아이들 친구 엄마들과의 커뮤니티도 적절히 유지해야 한다. 아이들과 남편, 아이들 친구 엄마 등 겹겹이 쌓인 '밀당' 관계가 Y를 둘러싸고 있다. 그리고 Y는 엄마와 아내라는 역할 말고 자신만의 일이 있는 사람으로 살아가고 싶은 욕망도 있다. 오랫동안 공부를 해왔으니 그런 욕망은 자연스럽다. 다만 지금 그의 조건 속에서 자신이 그간 해왔던 공부와 방식으로는 커리어를 쌓을 수 있는 일을 찾기 어렵다는 것이 문제다. Y는 어떤 전환의 시점에 놓여 있다.

오리엔테이션 없는 결혼 생활

언젠가 나는 남편이 일하는 필리핀으로 혼자 찾아갔던 적이 있었다. 인천공항에서 저녁 8시 25분에 출발해 마닐라에 밤 10시(한국과 필리핀은 한 시간의 시차가 있다)에 도착했다. 어둠이 내려앉은 마닐라 공항에 도착했을 때 주변에서 들려오는 말이 영어가 아니라는 사실에 당황했다. 영어를 잘하는 사람이 아닌데도, 그나마 알아들을 수 있는 영어가 아닌 분절되지 않은 필리핀 현지인의 타갈로그어는 공포로 다가왔다. 입국 절차에 문제가 생기면 영어도 잘 못하는데 어떻게 이 난관을 해결해야 하나, 하고 소름이 돋았다. 인천공항에 비해 규모도 작고 허술해 보이는 마닐라 공항을 의심 가득한 눈빛으로 두리번거렸다. 그 순간 나는 처음 이방인의 취약함을 체감했다. 외국인이 된다는 것은 낯섦과 그로 인한 공포가 일상적으로 반복된다는 것이고, 타자가 된다는 것은 그런 고달픔을 감수하는 것이었다.

Y가 일본어를 익히지 못한 상태에서 일본 유학생활을 시작하게 되었다는 이야기를 할 때, 내가 마닐라 공항에서

느낀 긴장감과 당황스러움이 떠올랐다. 중고등학생 시절 공부를 잘했던 Y는 우등생의 자신감으로 낯선 곳에서 '언어·공부·생활'의 삼중 과제를 씩씩하게 헤쳐 나갔다. 일본어를 못하는 외국인이 할 수 있는 패스트푸드 매장 아르바이트를 시작으로 유학 기간 내내 공부와 일을 병행하며 외국인으로서 자신의 생활을 꾸려나갔다. 집에서 도움을 받을 수 있었지만 그는 그렇게 하지 않았다.

이러한 이력이 그에게 긍지와 자부심이며 동시에 긴장과 피로일 수 있겠다는 생각이 든다. 그래서 석사학위를 마쳤을 때, 남편의 프러포즈에 선뜻 결혼을 선택하게 된 데에는 이런 긴장감을 해소하고 싶은 심리적 기제가 작동한 것은 아니었을까? 그런데 결혼과 동시에 Y는 다시 또 다른 '외국'에 입국한다. 일본어를 모르는 채 유학생활을 시작했던 것과 같이 주부의 역할에 대한 어떤 오리엔테이션도 없이 출근과 퇴근이 없는 결혼 생활이 시작되었다.

나는 유학과 결혼 사이에 일정 기간 Y만의 시간을 가질 수 있었다면 결혼 후의 당황스러움이 조금은 덜하지 않았을까 하는 안타까움을 느낀다. 또는 이십 대의 시간을 일본이 아니라 한국에서 또래와 '취업·연애·결혼'에 대한 시시콜콜한 이야기를 주고받으며 보냈다면 어땠을까? 나름대로 결혼 생활에 대한 대비책을 마련할 수 있지 않았을까 하는 안타까움을 느낀다.

나 역시 오리엔테이션 없이 펼쳐진 결혼 생활에 당혹스럽고 무기력했다. 맞지 않은 옷을 입은 것 같고 맞지 않는 옷에 몸을 맞추고 싶지 않다는 생각의 반동이 강했다. 그래서 유치원생 아이 둘을 키우며 대학원에 진학하고자 결심했다. 전업주부의 우울증을 나는 공부로 풀어보려 했다. 그러나 그때는 그러한 자각조차 없었다. 나의 조급함은 하루 빨리 낯선 땅에서 탈출해 고향으로 돌아가고 싶은 향수병 같은 거였다. 아이들이 아니라 어른들과 '어른다운' 말을 해보고 싶다는 절박함이 있었다. 그러나 그리워서 돌아갔던 학교는 이십 대에 경험했던 그 모습이 아니었다. 아이 둘을 가진 나 역시 나 하나 책임지면 되는 홀가분한 이십 대가 아니었다. 문제를 해결하고자 찾아간 학교는 또 하나의 외국이었다.

이때를 돌이켜보면 나는 비장했다. 아이들에게 무슨 일이 생기면 안 된다고 늘 생각하며 긴장했다. 과제를 성실히 하지 않는 기혼 여성 학생이라는 평판을 듣고 싶지 않았다. 외로웠고 피로했다. 나의 애로 사항을 남편도, 전업 주부인 같은 아파트 여자들도, 결혼하지 않은 동료 학생들도, 결혼한 남자 선배들도 이해하지 못할 것이라고 속단했다. 그래서 공부와 육아에 관련된 모든 결정을 혼자 잘해내야 한다는 부담감 속에 짓눌려 있었다.

지금은 후회한다. 왜 그때 주변에 도움을 요청하지 않았을까? "어떻게 하면 좋을지 모르겠어! 너무 힘들어!"라고 털어놓지 못했을까? 그랬더라면 누군가 도움을 주거나, 고민을 털어놓았다는 사실만으로도 긴장을 풀 수 있었을 텐데. 그땐, 누구도 내 문제를 이해하지 못할 거라는 독단에 빠져 있었다.

침착하고 꼼꼼하고 영리하게, 백수린의 「폭설」

소설가 백수린은 2011년 「거짓말 연습」으로 등단한 이래, 『폴링 인 폴』, 『참담한 빛』, 『여름의 빌라』 등 세 권의 창작집을 부지런히 발표했다. 10여 년의 기간 동안 놀라운 생산력을 보여주는 백수린. 그의 작품 경향은 베를린, 베네

치아, 파리, 런던, 캄보디아 등 이국적 장소에서 외국어로 의사소통하는 사람들 사이의 '오해와 공감'를 다루고 있다. 그들의 의사소통은 문법 체계가 다른 사람들 사이에 존재하는 번역 불가능한 지대를 포함하고 있다. 그럼에도 불구하고 언어의 한계를 넘어선 소통의 가능성을 보여주기도 한다. 외국어는 소통의 어려움을 은유하기 위한 소설적 장치라고 볼 수 있다. 이국적인 배경이 가져오는 낯섦과 애매모호함 속에 오랜 비밀, 잊힌 기억, 어긋나는 시선, 마음의 앙금 같은 것을 투과시켜 "인생의 불가사의"에 영리하게 다가간다. 그래서 백수린의 소설에서는 아무 일도 없어 보이지만 아무 일 없었다고 말할 수 없는 '비하인드 스토리'가 촘촘하게 그려진다.

단편소설 「폭설」은 열한 살에 부모의 이혼을 겪은 여성의 엄마에 대한 양가감정을 다루고 있다. 엄마는 눈에 띄는 미인이었고 눈이 오는 날에는 학교를 결석하게 해줄 만큼 남다른 감성의 소유자였다. 너무 사랑하는 엄마가 "이제 아빠가 아닌 다른 남자를 사랑하게 되었다"고 자신의 선택을 밝혔을 때, 그녀는 엄마의 선택을 원망할 수 없었다. 그러나 섭섭함과 결핍감 또한 분명히 있었다.

"사람들은 누구나 자신의 삶을 선택하며 사는 거야." 그녀의 입에 묻은 크림을 닦아주거나, 어깨에 다정히 팔을 두르면서, 열두 살의 그녀는 엄마를 사랑하는 마음만으로 가득했기에 엄마가 하는 모든 말들을 믿었다. 하지만 사춘기에 접어든 그녀는 모든 사람이 엄마와 아빠 중 한 명을 선택해야만 하는 상황에 처하지 않는다는 사실을 알 만큼은 영리해졌다. 오랜 시간이 흐른 후 그녀는 어쩌면 미국에 갈 때마다 자신이 원했던 것은 엄마의 불행한 모습을 보는 것이 아니었을까 하는 생각을 했다. 엄마가 사라지고 난 이후 그녀에게 생긴 커다란 구멍처럼 엄마에게도 메워지지 않는 구멍이 생겼음을 확인하고 싶었던 것일지도. 그녀는 엄마가 한순간 잘못된 선택을 했지만 실은 그녀를 떠난 것을 후회하고 있기를 바랐다.[38]

이후 엄마는 아주 행복해 보이지도 그렇다고 자신의 선택을 후회하지도 않으며 살아간다. 그녀는 정서적으로 불안한 이십 대를 보냈다. 이십 대 후반에 시작된 첫 연애가 불과 몇 달 만에 끝났고 여자라는 이유로 입사 동기 중에서 유일하게 계약 해지 통보를 받았다. 인생이 엉망진창이라는 열패감에 시달릴 때 엄마는 옐로스톤 국립공원으로 로드 트립을 제안한다. 여행 중 갑자기 내린 폭설에 모녀의 차는 인적 드문 도로에 갇히고, 야생동물이 차로 돌진해 올 수도 있는 위험과 두려움에 휩싸인다. 엄마는 긴장을 풀기 위해 가볍게 딸의 연애에 대해 물어보지만, 오히려 이것이 그녀의 '분노 스위치'를 눌러버린다.

서서히 드리우는 어둠의 장막 위로 눈송이가 돌풍을 타고 솟구쳐 오르다가 떨어지기를 반복했다. 그녀는 엄마에게 제대로 사랑을 받지도 못한 사람이 누군가를 사랑하는 법을 배우긴 했겠느냐고 말하기 시작했다. 그럴 생각이 아니었는데 한번 말을 꺼내자 감정이 걷잡을 수 없이 고조되었다. 그녀는 엄마가 얼마나 이기적인 사람인지를 비난하기 시작했다. 엄마의 그 대단한 사랑이 그녀와 아빠를 얼마나 고독하게 만들었는지에 대해서 퍼부었다. 이제와 엄마가 아무리 노력한다 해도 어떤 것들은 이미 그녀 안에서 훼손이 되어버려 두 번 다시 돌이킬 수 없을 것이라고도 그녀는 울음을 삼켜가며 말했다.[39]

'폭설'은 갑자기 내린 눈이다. '갑자기'는 계속되지 않고 곧 지나간다. 모녀의 차도 누군가의 도움으로 빙판에서 벗어나고 곧 언제 눈이 왔나 싶게 화창한 옐로스톤 국립공원을 통과한다. 위기의 순간이 지나자 머쓱해진 딸에게 엄마는 웃으며 말한다. "짐승을 한 마리도 치지 않고 빠져나올 수 있었으니 우린 참 운이 좋구나."

백수린은 「폭설」에서 유년기의 결핍감을 채울 수 없다는 정신분석학적 해법이 아니라 "모든 게 엄마 때문이야!"라고 악다구니를 퍼부었던 딸이 첫 아이를 출산해 엄마가 되는 엔딩으로 마무리한다. 떠나간 엄마가 결핍감을 주기는 했지만 그렇게 생긴 마음의 구멍이 한 사람의 인생을 잡아먹지는 않는다. 상서로운 눈이 내린다는 소설小雪의 밤, 열한 시간의 진통 가운데 엄마 이야기를 들려주는 그녀에게 남편은 묻는다. "그래서 이제는 엄마를 이해할 수 있게 됐어?" 딸이며 동시에 '엄마'가 되기로 한 그녀의 결심이 남편의 질문에 대한 답변이라는 생각이 든다.

단편소설 「폭설」은 엄마의 이혼을 어떻게 해석해야 하는지 혼돈스러워하는 딸의 이야기지만, 내가 주목하고 싶은 것은 소설의 전경에 자리한 엄마의 '선택'이었다. 엄마는 자신의 기준에 따라 판단하고 선택했고 원하는 인생을 살았다. 엄마라면 자신보다는 자식을 먼저 생각해야 한다는 당위로 그녀의 이혼을 일방적으로 비난할 수 없다. 가족이 해체되는 이혼이라는 형태가 아니라도 엄마들의 선택은 무엇 하나 쉽지 않다. '경단녀'가 재취업을 해야 할 경우 아이들에 대한 돌봄의 공백을 최소화하기 위해 발을 '동동' 굴려야 하고 여러 사람에게 아쉬운 소리를 해야 한다. 어렵게 한 선택이 좋은 성과로 이어지리라는 보장도 없어 망설여지기도 한다. 자식들에게 무슨 일이라도 생긴다면 엄마는 그야말로 '죄인'이 된다. 그래서 엄마들의 선택은 무산되기 십상이다.

Y의 이야기를 들으며 든 생각은 그녀가 자신의 문제를 신중하게 해석해봤으면 좋겠다는 것이었다. 나는 무엇을 원하는가? 왜 원하는가? 그것을 이루기 위해서는 어떤 방법이 필요한가? 그것을 이루는 데 방해가 되는 것은 무엇인가? 대차대조표를 검토하듯 꼼꼼히 살펴보고, 주변 사람들에게 의논을 했으면 좋겠다. 그러려면 내 욕망의 정체가 무엇인지 들쑤셔보기도 해야 한다. 나는 무엇을 좋아하고 싫어하는 사람인지 알아야 하고 그 이유도 스스로 해

석할 수 있어야 한다.

　최근에 Y를 만났을 때, 제주도로 혼자 여행을 다녀왔다는 이야기를 들었다. 좋은 출발이다. 이렇게 차근차근 침착하고, 꼼꼼하고, 영리하게 '선택'을 공들여 만들어보자.

　나는 Y와 세 번 만나서 이야기하는 시간을 가졌다. 세 번 만나는 동안 Y의 이야기는 좀 더 구체적이고 분석적이 되어갔다. Y는 나와 달리 주변 사람들에게 도움을 요청하고 그들의 말에 귀를 기울이는 사람이 되었으면 좋겠다.

2부

이야기는
약이
될 수 있다

'뻔하지' 않은 이야기는
어떻게 만들어지는가?

방광염 에

강화길의 「음복」 을

처방합니다

현숙 씨는 '일복'도 많지

현숙 씨와 나는 여섯 살 차이가 난다. 여섯 살 차이는 묘하다. 내가 학교 운동장을 어슬렁거리는 땅꼬마였을 때 그녀는 초등학생이었고, 내가 초등학생이 되었을 때 그녀는 교복을 입는 중학생이었다. 그녀와 나 사이에는 서로의 관심사가 겹칠 수 없는 '나이 차이'가 있다. 그럼에도 불구하고 그녀가 방광염을 하소연했을 때 나는 누구보다 잘 알아들었다. "아! 그거 되게 아프고 짜증나잖아요!"

나도 한때 비뇨기과를 들락거리며 방광염을 치료했던 적이 있다. 비뇨기과 대기실은 어떤 병원보다도 적막했다. 진료를 기다리는 환자들도 말이 없고, 간호사들에게서도 무심함을 가장한 친절과 어색함을 감추려는 침묵이 느껴졌다. 서로를 멀뚱멀뚱 바라보기도 고역이라 빈 공간으로 시선을 돌렸다가 눈을 감아버렸다. 비뇨기과 인테리어의 포인트는 발기부전의 원인과 전립선의 건강 비법을 알려주는 게시물이었다. 그래서 입 다물고 눈 감고 진료를 기다리는 시간은 명상 시간처럼 고요했다. 내가 비뇨기과에 갔던 때는 사십 대 초반이었다. 해야 할 일이 많았던 때였다. 의사 선생님은 급성 방광염은 항생제로 금방 치료되는데 이게 반복되면 치료하기 힘든 만성이 될 수 있다고 주의를 주셨다. 만성 방광염까지 가지 않았지만 의사 선생님의 '주의'가 늘 귓가에 맴돈다. 나이를 먹을수록 신장과 방광의 기능도 노화될 것이다. 요실금도 걱정된다. 가끔 재채기를 하거나 뜀박질을 하다 깜짝깜짝 놀란다.

현숙 씨는 나보다 긴 방광염의 역사를 갖고 있었다. 그녀는 대학생 때 알바로 학비도 벌고 용돈도 벌어야 했다.

장시간 일을 하다 보면 화장실을 안 가고 참는 날이 많았고 그럴 정도로 일을 많이 해야 했기 때문에 몸에 무리가 갈 수밖에 없었다. 대학생이 되기 전에도 현숙 씨는 일이 많았다. 시장에 장사 나가는 어머니 대신 오빠와 동생들 밥 차려주고 학교에 가야 했고, 김장과 명절 차례상도 혼자 다 해치웠다. 어머니는 바빴다. 남자는 집안일을 해서는 안 된다고 철석같이 믿는 가부장제 집안의 맏딸이라 해야 할 일은 많았다. 집에서 탈출하는 방법은 결혼이라고 생각했다. 그러나 결혼 후에는 시댁의 대소사가 현숙 씨를 기다리고 있었다.

"나는 늘 해야 할 일과 하고 싶은 일, 둘 다를 손에 쥐고 놓지 못했던 것 같아."

현숙 씨는 현재 논술학원을 운영하고 있다. 아이 둘을 기르며 평생 교육원에서 보육교사 과정을 이수했다. 당시로는 드물게 프로젝트 수업을 진행해서 인기 많은 강사였다. 돈도 잘 벌었다. 돈을 벌기 위해 해야 하는 일의 중압감에서 벗어나기 위해 도서관 봉사활동도 했다. 그것은 돈을 벌기 위한 일이 아니라 스스로 기획하고 추진하는 일의 기쁨을 가져다주었다. 그리고 최근 십 년간 인문학 공동체에서 공부를 하고 있다. 자신이 하는 일의 기본이 되는 철학공부를 해야겠다는 생각에서였다. 친정과 시댁의 대소사와 두 아이의 양육, 가사 노동, 돈을 버는 일과 공부하는 일까지. 현숙 씨는 '일복'도 많다. 일복 많은 그에게 방광염은 필연 아니었을까? 방광염과 오랜 세월을 함께 해온 현숙 씨에게는 나름대로 자가 치유법이 있다. 방광염이 재발되는 불길한 느낌이 들면 물을 많이 마셔서 염증을 빨리 배출하려 하고 스스로에게 휴식을 준다.

"젊었을 때는 무리해도 괜찮았는데 이제는 안 되더라."

이건 현숙 씨만의 깨달음이 아닐 것이다. 만성 방광염을 걱정하는 '나'도, 해야 할 일과 하고 싶은 일 사이에서 갈등하는 '당신'도, '착한 딸' '좋은 엄마' '능력 있는 커리어우먼'이 되기 위해 바쁘게 사는 대부분의 여자들이 경험하는 이야기일 것이다. 뻔하고 지겨운 이야기라고? 그럴까?

집안의 '악역'은 누구인가

올해 우리 집에서는 가사 노동의 분담이 이루어졌다. 그동안 집안일에는 손 하나 까딱하지 않았던 남편이 저녁 식사 후 설거지를 하게 되었다. 어느 날 갑자기 남편의 생각이 바뀐 것은 아니고, 큰딸이 아버지에게 듣기 싫은 소리를 전담하는 '악역'을 자처하고 난 후, 가능한 변화였다. 밥상머리에서 듣기 싫은 잔소리를 하던 큰딸은 급기야 더 이상 아버지와 같은 집에서 살 수 없다고 집을 나갔다. 남편은 딸의 가출을 외박쯤으로 가볍게 생각했다. 그러나 그것이 자신에게 강력한 이의를 제기하는 딸의 '선전포고'라는 걸 깨닫고는 설거지를 하기로 합의했다.

두 사람의 다툼과 합의 과정을 지켜보면서 '엄마이며 아내인' 나는 불편했다. 내가 해야 할 일을 딸에게 미루었다는 죄책감이 들고 딸의 투쟁에 '무임승차'한 것 같은 자괴감도 들었다. 남편과는 말이 안 통할 것 같았고 입씨름하며 시간을 보내기 싫었다. '악역'을 피하기 위해 남편으로 대변되는 가부장제적 질서와 공모 관계를 맺고 순응해왔다는 사실이 스스로에게 수치스러웠다.

강화길의 단편소설 「음복」은 남성 중심의 가부장제가 남성 권력으로만 이루어지는 것이 아니라 집안 여성들의 복잡한 권력 관계에 의해 유지되는 모습을 치밀하게 보여준다. 결혼 1년차 며느리인 세나는 시댁에서 치루는 첫 제사에서 은밀히 이루어지는 집안의 공모 관계를 단박에 파악한다. "다른 식구들의 신경을 긁어대는 인간, 미움받을 소리를 잔뜩 늘어놓고 내가 아니라 너희들이 못돼 처먹은 거라고 말하는 사람"인 시고모가 그 집안의 '악역'이 된 이유라든가, 며느리와 아들에게 쿨한 모습을 보이기 위해 집안 제사를 혼자서 도맡아하는 시어머니의 처세술, 이러한 역학관계를 눈치조차 못 채는 남편의 '무지'까지 세나는 영특하게 알아챈다. 이러한 영리함은 세나의 비범한 감수성 때문에 얻은 게 아니다. 세나의 집에서도 외할머니와 엄마 사이에 펼쳐진 애증의 드라마가 있었다. 자신과 엄마 사이에도 미움과 연민의 서사가 존재하기에 직관적으로 알아챌 수 있었다.

왜냐하면 나는 엄마가 우는 걸 자주 봤으니까. 외할머니가 외삼촌을 너무 사랑해서, 자신의 큰딸을 여러 번 아프게 했다는 걸 알았으니까. 대학교를 갈 수 없게 했고, 결혼식에 돈을 보태주지 않았고, 사위를 마음에 들어 하지 않았다는 걸 알고 있었으니까. 그리고 결국 그 사위가 보

중 빚을 졌을 때 매일 전화를 해서 한숨을 쉬었다는 것도
알고 있었으니까. 그러면서도 할머니는 누군가에게 화가
나거나 속상한 일이 있으면 엄마에게 전화를 걸어 몇 시
간이고 떠들어댔다. 울었다. 하소연하고 속을 풀었다. 네
가 아니면 누가 나를 이해해 주니. 네가 나를 이해해줘야
지. 그리고 다시 전화를 해서 말했다. 너 대체 앞으로 어
떻게 살래? 너 때문에 내가 잠이 안 와.[40]

가부장제의 대표적인 피해자인 '어머니'는 자신의 '딸'에
게 가장 많이 의존하면서도 그 딸을 아들과 차별한다. 딸
은 출가 후에도 친정어머니의 '심리적 의지처'이고 시댁의
며느리 역할도 잘 해내야 한다. 그 딸이 어머니가 되면 자
식에게 존경받는 어머니로 인정받는 것으로 인생을 보상
받고 싶어 한다. 여기서 가부장제의 피해자인 '여성'의 왜
곡된 욕망이 왜곡되게 표현되는 기괴함이 연출된다.

현숙 씨의 일에 대한 욕심과 방광염에도 이러한 기괴한
판타지의 그림자가 드리우는 것을 본다. 큰딸이 '못된 기
집애' 소리 들으며 제 아버지와 싸우는 모습을 목격하며,
내가 스위트홈 판타지에 빠져 있었다는 사실을 부인할 수

없었다. 돈 벌어오는 남편에게 싫은 소리 하지 않고 비위를 잘 맞춤으로써 남들 눈에 그럴듯해 보이는 '즐거운 나의 집'을 지키고 싶었다. 이 뻔하고 진부한 욕망을 딸에게 들켰다는 사실이 부끄럽다. 그리고 이러한 사실을 없었던 것처럼 모르는 척할 수 없는 나 자신이 민망하다.

종종 충동은 들어. 확……말해버릴까.
그러니까 내가 너와 함께 살기 시작하면서 알게 된 것들을 말이다. 이를테면 시어머니가 할머니를 모시며 함께 살고, 제사를 열심히 챙기기로 한 대신 시아버지는 너의 삶에 어떤 상관도 할 수 없게 되었다는 것. 그 약속에는 나의 삶까지 포함되어 있다는 것. 그리고 그 사실을 며느리인 내게만 말해주기로 역시 약속했다는 것. 조금 더 자세히 말해볼까. 나는 그날 집에 돌아가는 길에 그 내용이 담긴 장문의 문자를 받았다. 시어머니는 글 말미에 이렇게 썼다.
'그러니까 앞으로 제사에 오지 않아도 된단다.'
그녀는 강조했다.
'정우는 다 모르게 해줘.'[41]

'시할머니-시고모-시어머니-며느리'로 이어지는 카르텔은 오늘날 희미해진 것 같지만 아주 없어졌다고 말할 수 없다. 나는 앞으로 어떤 입장을 취해야 할까? 그리고 현숙 씨는? 우리는 이 뻔하고 지겨운 여성 카르텔을 바꿀 수 있을까? 딸을 비롯한 MZ세대 여성은 결혼을 하지 않는 것으로 이 카르텔을 끊어내려 하는 것처럼 보인다.

'할머니-어머니-딸'이 아닌 다른 이름으로

현숙 씨의 자식들은 이제 자기 앞가림을 할 수 있는 성인이 되었다. 자식들의 양육이 끝나자 치매가 시작된 친정엄마를 돌보는 일이 돌아왔다. 중년의 나이를 넘긴 오빠들에게 맡기기도, 그 배우자인 올케들에게 맡기기도 여의치 않은 일이다. 친정엄마 간병은 현숙 씨의 몫이 되었다. 현숙 씨는 한 달에 두 번은 대구로 내려가는 기차를 탄다. 대구에 혼자 사는 친정엄마가 드실 반찬을 만들고, 하룻밤이라도 같이 자면서 이런저런 이야기를 나누며 무료함을 달래드리려 한다. 갑작스러운 호출이 있으면 수시로 대구로 간다. 경기도와 대구를 오가며 두 집 살림을 하는 것은 피곤한 일이지만 시간이 지날수록 오락가락하는 친정엄마의 기억력에 더 억장이 무너진다.

"이렇게 일이 많은데 어떻게 안 아프겠어?"

"맞아. 아픈 게 정상이야."

갱년기와 동시에 친정엄마의 간병까지 시작된 현숙 씨는 몸과 마음이 피곤하다.

취업해서 독립을 한 우리 집 큰딸의 일상도 순탄하지만은 않다. 혼자 사는 이십 대 여성의 공포와 두려움이 있다. 밤늦은 시각 인적 드문 길을 걸어갈 때, 회식 후 택시를 타고 귀가할 때, 택배 기사가 현관문 초인종을 누를 때, 매순간 불안과 안심 사이를 오간다. 특히 상사가 자기 아버지보다 더 말이 안 통하는 '꼰대'라면 버텨낼 수 있을지 자신 없어한다.

가끔 딸에게 전화해서 안부를 묻는다. 햇반만 먹지 말고 밥을 해먹으라고, 시간 내서 꼭 운동하라고 잔소리를 한다. 내가 애정을 표현하는 방법이다. 현숙 씨와도 가끔 차를 마신다. 젊은 작가 강화길의 단편소설 「음복」을 어떻게 읽었는가 소감을 묻고, 요즘 애들은 우리보다 똑똑한 것 같다는 독후감을 들려준다.

"나는 내가 한 일의 가치가 제거되는 것 같아서 소설을 읽으며 거부감도 들었어."

현숙 씨의 말도 일리가 있다. 나는 딸을 보며 기특하기도 하고 섭섭하기도 하다. 저 혼자 큰 줄 알고 잘난 척하는 모습이 밉상일 때도 있다. 현숙 씨와 나 그리고 내 딸과 현숙 씨의 친정엄마, 우리는 앞으로 어떤 관계가 될까? 치매가 시작된 팔십 대 여성과 갱년기인 오십 대 여성, 그리고 사회생활을 시작한 이십 대 여성은 '할머니-어머니-딸'이 아닌 다른 관계로 만날 수 있을까? 그건 아마도 현숙 씨와 연옥 씨(나) 그리고 서현 씨(나의 딸)의 이름을 되찾는 일로부터 시작될 것이다(현숙 씨 친정엄마의 이름은 무엇일까?).

"현숙 씨는 매사에 혼자 결정해 버리는 습관이 있는 것 같아."

"내가 결혼도 일찍 하고 사회생활을 하지 않아서 사회성이 부족해. 대인관계가 조심스럽고 어려워."

현숙 씨는 '밀당'의 기술이 부족하다. 의견을 나누고 협상하고 타협하는 과정을 견디지 못해 "그냥 내가 할게!"라고 먼저 손을 드는 사람이다. 스스로 한 선택이지만 외로움을 느낄 수밖에 없다. 숨 막힐 것 같은 긴장감을 견디고, 다른 사람의 눈치를 살피고, 그의 복심을 읽으려 애쓰고, 거리를 조절해 가는 능력이 관계의 기술이라고 생각한다.

"다른 사람의 이야기를 잘 못 듣는다는 사실을 최근에 알게 되었어. 내가 다른 사람의 이야기를 잘 듣지 못하니까 다른 사람들도 내 이야기를 잘 듣지 못하겠구나, 하는 것도 알게 되고."

나는 현숙 씨에게 애니메이션 〈쿵푸 팬더〉를 추천하고 싶다. 국수집 아들 팬더 포가 '용의 전사'가 되는 영웅담을 담고 있는 〈쿵푸 팬더〉에서 거북 대사부, 시푸 사부, 무적의 5인방이 없다면 드라마는 만들어지지 않는다. 조력자 조연들의 '조언'으로 주인공 포는 영웅으로 성장할 수 있었다. 현숙 씨의 드라마도 그러하다. 미리 벽을 쌓고 기대하지 않았던 주변 사람들을 조연배우로 캐스팅해 보자. "내가 알아서 할게!"라고 혼자 짊어지고 가던 짐을 남자 형제들, 남편과 아들, 딸과 나누어질 수 있는 방법을 찾아보자.

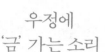

우정에
'금' 가는 소리

치매 걱정 에

윤이형의 「루카」 를

처방합니다

Y의 '깜박깜박', 건망증인가 치매인가

"나 치매인가 봐."

Y가 이렇게 말했을 때 주위에 있던 사람들 모두 건성으로 대꾸했다. 워낙 뜬금없고 엉뚱한 Y의 생각에 대부분 '내성'이 생겨 대수롭지 않게 넘겼다. 불 위에 냄비를 올려놓은 걸 깜박하고 세탁소에 다녀와서 홀라당 태워먹었다는 Y의 하소연은 살림하는 사람이라면, 대부분 한두 번쯤

겪은 일이기도 했다. 그 자리는 순식간에 '건망증 배틀' 현장이 되었다.

"냉장고 문 열고 한참 있어. 뭘 꺼내려 했는지 까먹어서."

"현금인출기 앞에서 돈 꺼내는 걸 깜박하고 왔어. 나중에 은행에서 전화가 오더라."

수시로 찾아 헤매는 핸드폰과 자동차 키에 대한 원망, 쇼핑몰 주차장에서 차를 찾지 못해 머리가 하얗게 되었던 순간, 고유명사를 까먹고 '그거 그거 그거' 하며 버벅거렸던 답답함 등. 사십 대가 넘은 중년인 우리에게 이런 에피소드는 나이 먹어가는 것을 실감하는 액세서리 같은 것이다. 나이 먹으니 '빨간색이 좋더라' '자꾸 꽃 사진을 찍게 되더라' 하는 취향의 변화처럼, 나이 먹으니 '자꾸 깜박깜박하게 되더라'는 일상의 일부가 되었다.

대학 강사를 하는 나는 한 학기가 끝나갈 때쯤 거의 외운 학생들의 이름을 다음 학기가 시작되면 까먹는다. 강의실 복도나 엘리베이터에서 학생과 마주치면 '아무개야'라고 이름을 부르지 못하고 "잘 지내지?"라고 말을 얼버무린다. 출석부에 올라 있는 이름은 비슷비슷해서 '서현, 나현, 세현, 세희…' 잘못 발음하기 쉽다. 간혹 잘못 부르면 학생들은 마치 자신의 존재가 부정당한 것처럼 상처받았다. 그래서 매번 출석부를 확인하고 혀에 힘을 줘서 실수하지 않으려 노력한다. 이름에 대한 '강박' 때문인지 학기가 지나서 학생들을 만나면 그 학생이 무슨 학과이고 기말 에세이로 어떤 내용을 썼는지도 기억이 나는데 이름만 생각나지 않는다. 환장할 노릇이다. 이것은 선택적 기억상실인가?

"또 냄비 태웠어. 딸이 집에 혼자 있다 놀랐다니까. 집안이 연기로 꽉 차서."

또 다시 냄비를 태워먹은 이야기를 한 지 얼마 지나지 않아 Y가 아프다는 소식을 들었다. 가을에서 겨울로 넘어가던 환절기라서 컨디션이 안 좋은 것인지, 다른 질병이 생긴 것은 아닌지 걱정이 되어 병원을 다니고 있다. Y는 한동안 외출을 자제했다. 갱년기 증상으로 조기 치매가 온 것이 아닌가 하는 걱정은 조금 더 심각해졌다.

하지만 내 생각은 달랐다. Y와 나는 한 살 차이다. 학기마다 학생들의 이름을 헷갈려 하면서도 치매일 리 없다고 생각하는 것처럼, 내 또래인 Y도 치매일 리 없다고 단정하고 있었다. 그보다는 내가 그렇듯이 기억해야 하고 신경 써야 할 일이 많아지다 보니 한두 개쯤 빠트리는 것이 생길 수 있다고 보았다. 몇 년 사이 Y에게는 많은 일이 있었다. 자식처럼 애지중지 기르던 앵무새가 세상을 떠났다. 그때 가족 모두 깊은 슬픔에 빠졌는데 특히 남편이 힘들어해서 여행도 가고 함께 시간을 보내려 애썼다. 따로 사는 시어머니가 신장 투석을 시작해서 매주 한 번씩 병원에 모시고 다녔다. 수도권과 서울을 오가는 장거리 운전의 피로도 건망증에 한몫했을 것이다. 또 Y가 말끝마다 입에 달고 사는 외동딸이 그해 중학교에 입학했다. 새로 알게 된 학부모들과의 관계나 학업에 대한 스트레스도 아이 못지않게 가중되었을 것이다. 나와 함께 나가는 모임에서도 하던 일을 중간에 그만두는 바람에 갈등과 불화를 겪었다. 그래서 Y가 뭔가를 깜박깜박 잊어버린다는 것이 '문제적'으로 느껴지지 않았다. 그보다는 '요즘 신경 써야 할 일이 많아져 마음고생이 늘었겠다'라는 안쓰러운 마음이 들었다. 이런 어림짐작과 진단이야말로 '절친의 견적'이 아니겠는가?

Y와 함께 보낸 세월도 어느 새 십여 년이다. 그런데 Y의 일상을 훤히 꿰고 있는 것처럼 '아는 척'을 하고 나니… 어쩐지 의심스러워졌다. 나는 정말 Y를 잘 알고 있을까?

우정에 '금' 가는 소리, 친구인가, 이웃인가, 남인가

Y는 '치매인가 봐' '공부머리가 없어'처럼 자신을 단정 짓는 말을 툭툭 던질 뿐, 요즘 자신의 심사가 어떤지 속내를 시시콜콜 말하지 않는다. 나와 한 살 차이인데도 라이프스타일은 많이 다르다. 결혼을 일찍 해서 이미 아이들이 대학생인 나와 달리 Y는 결혼도 늦고 아이도 늦게 낳았다. 나와 Y의 출산과 양육에 대한 경험은 아이들의 나이 차이만큼 크다. 서른에 대학원에 진학해서 어떻게든 경력을 이어가려는 나와 달리 Y는 유학을 다녀와 MBA 학위가 있지만 전업주부로 살고 있다. 한때는 꽤 이름이 알려진 홍보 회사에 다녔고 진보정당에서 일을 했다는 Y에게서 '경력단절'을 아쉬워하는 소리를 들어보지 못했다. 이런 차이에도 불구하고, 최근 3년 동안 Y와 가장 많은 시간을 보냈다.

번다한 일주일의 스케줄 가운데 Y와 함께하는 세미나는 나에게 우선순위 1위였다. 우리는 매주 하루는 같이 세미나를 하고 수시로 세미나와 관련된 이야기를 나눈다. 에세이를 쓸 때는 한밤중에도 서로 '톡'을 날렸다. 우리는 만나서 스피노자의 철학이니 이반 일리치의 사상이니 하는

책 속의 말만 떠들어댔던 것일까?

아주 사무적으로 말하자면 우리는 글을 쓰고 책을 만드
는 엄마들이다. (중략) 우리는 부당한 권력에 대항하는 대
규모 집회가 열리는 토요일마다 빈집에서 아이와 마주앉
아 있는 사람들이다. 아이와 컬러링북을 칠하거나, 와서
김장을 하라는 시어머니의 급한 호출을 받고 달려가는
사람들이다. 그렇게 나가고 싶으면 유아차라도 끌고 아이
를 데리고 나가면 되지 않느냐는 질문에 그러면 '맘충' 취
급을 받지 않겠느냐고 볼멘소리로 대답하면서도, 인파 속
에서 밀리고 밟히다 아이가 혹시 다칠까 겁내는 마음이,
차가운 초겨울 바람이 아이의 볼을 꽁꽁 얼리지 않을까
걱정하는 마음이, 실은 우리 자신이 만들어낸 나약한 핑
계이고 열등감이 아닐까, 나는 실은 전혀 정치적 존재가
못 되는 게 아닐까, 자기검열을 하다 마음을 다친 채 새벽
두 시에 책상 앞에서 맥주 캔을 따는 사람들이다.[42]

소설가 윤이형의 최근 작품은 나와 Y처럼 함께 공부하
거나, 인터넷 커뮤니티 활동을 하거나, 페미니즘 운동을

벌이는 여자들의 이야기를 다루고 있다.『붕대감기』에는 남자가 한 명도 등장하지 않는다. 기혼과 비혼으로 구분되는 고등학교 동창생의 이야기를 중심으로 같은 유치원에 아이를 보내는 엄마들의 친목, 미러링과 탈코르셋에 동의하는 헤어 디자이너의 복잡한 심경, 교내 미투 사건에 연루된 교수와 학생의 연대, 회사 선후배에서 생활 동반자로 관계의 전환을 모색하는 중년의 독신 등.『붕대감기』는 여자들의 이야기로 조각 맞추기를 한 모자이크화이다. 윤이형의 소설은 남자 대 여자, 이성애 대 동성애, 전업주부대 워킹맘처럼 선명히 드러나는 대립보다 그러한 분할선위에 그어진 미세한 균열에 집중한다. 그 미세한 균열에서 들려오는, 들릴락 말락 하는 작은 소리는 친구라고, 혹은 동료라고 생각하는 사람들 사이에 마음의 '금'이 가는 순간을 불편하게 드러낸다.

그런 점에서 한 작품집의 표제작이기도 한 '작은마음동호회'는 윤이형의 태도와 스타일을 단적으로 보여주는 표현이다. 윤이형은 '우리' 사이에 그어지는 관계의 '실금'을 대범하게 넘기지도, 문제를 명료하게 또박또박 말하지도 못한다. 하지만 아무렇지 않은 척 그냥 넘길 수 없는 '소심한' 사람들의 마음의 요철凹凸을 핀셋으로 골라낸 듯 콕 짚어준다. 한편으로는 조심스럽게, 다른 한편으로는 불편하게 여자들의 우정을 말한다. 내가 생각하는 윤이형의 우정은 다음과 같다. 같다고 말하기엔 너무나 많은 차이가 있지만 그럼에도 불구하고 서로의 차이가 만들어내는 '편협함'과 '단호함'에 꾸준히 균열을 내는 일이다.

Y의 치매 걱정은 문득 내게 질문을 가져왔다. 나는 Y를 잘 알고 있을까? 모르는 것일까? 나는 Y의 친구인가, 이웃인가, 남인가? 이 곤란한 질문을 앞에 두고 Y와 이야기를 해봐야겠다는 마음을 먹었다. 그러고 보면 함께 중년의 시간을 공부로 보내고 있다는 각별한 동료 의식만큼, 서로의 프라이버시를 존중하고 간섭하지 말아야 한다는 '에티튜드'도 우리의 관계를 유지하는 안전거리였다.

Y와 대화, 스토리의 빈틈들

"요즘 많이 신경 쓰는 일이 있었어?"

"아니."

"그때 일을 중간에 그만두게 됐을 때 많이 속상했지? 사람들의 쑥덕대는 소리도 듣기 싫고."

"위로해 주는 사람도 없었지만, 대놓고 뭐라 하는 사람도 없었어. 내가 또 이러쿵저러쿵 수다 떠는 걸 좋아하지도 않고. 그때 에세이 쓰면서 마음이 많이 정리됐지."

그랬다. 공부를 좋아하는지 열심히 하는지는 모르겠지만, Y는 자신에게 닥친 문제를 에세이 속에서 풀어내려 애를 썼다. 공부가 모자라 시원스럽게 정리하지 못했지만 그러고 나면 한동안 몰두했던 시간이 있었기 때문에 스스로는 후련하다고 했다.

"그래서 공부하는 거구나! 나는 Y가 성취욕이 없어 보여서 남다르다고 생각하고 있었거든."

"공부를 잘했으면 벌써 그만뒀을 걸. 뭐가 뭔지 몰라서 계속하고 있는 거야."

세미나와 관련된 이야기만 하다가 그렇지 않은 신변잡기적인 이야기를 하려니 어색했지만, Y와의 대화는 나쁘지 않았다. 나를 알기 이전의 Y는 어떤 일을 했고, 어떤 친구들이 있는지, 직장을 그만둘 때 괴롭지는 않았는지 등긴 '호구조사'의 시간을 가졌다. 진보정당에서 공공 보육

정책 마련하는 일을 했는데, 정작 자신이 아이를 낳아서 키우려니 공공 보육은 현실적으로 불가능한 일이라는 것을 절감하게 되었다는 이야기도 Y의 캐릭터를 이해하는 데 도움이 됐다.

Y는 무엇이든 명확하지 않으면 받아들이지 않고 버티지만, 스스로 수긍이 가면 누구보다도 실행력이 뛰어났다. 그러고 보니 내가 알고 있는 Y에 대한 정보에는 스토리텔링이 빠진 이력과 스펙만 입력되어 있었다. 그걸로 충분하다고 생각했던 것 같다. 아니 직장, 집안일, 공부에 치여 사느라 나와 같이 공부하는 사람이 어떤 사람인지 궁금증을 가질 여유가 없었다는 것이 더 정확하다. '대충대충' '건성건성' 알아도 유지될 수 있는 관계를 '문제'라고 생각하지 못했다.

지난겨울, Y는 바빴다. 매일매일 처리해야 할 일을 해치우느라 정신 바짝 차리고 있다고 했다. 그러느라 치매 걱정은 쏙 들어간 것 같았다. 바쁜 일정 사이사이 우리는 한두 번 더 이야기를 나눴다. 당시 읽고 있던 윤이형의 소설에 대해 이야기하며 Y는 유학 시절 만났던 사람들에 대한 기억을 떠올렸다. 불운을 겪고 있는 사람에게 다가가지 못했던 것을 아쉬워했고, 공부한답시고 멀어진 친구를 그리워했다. Y는 인간관계에서 '안달복달'하는 스타일은 아니었다. 그럼에도 불구하고 자신이 할 수 있는 최선을 다했다. 매일매일 해치워야 할 일이 많아진 지난겨울의 스케줄은 Y의 이러한 성격이 만들어낸 결과였다.

바쁜 Y를 붙잡고 가끔 이야기를 나누며 문득문득 중년 여자들의 우정은 무엇인지 생각해 보았다. 뾰족한 결론은 없다. 그러나 아주 작은 변화는 있다. 또래인 Y가 나와 비슷하리라 짐작하고 넘어갔던 일에 대해 Y는 어찌 생각하는지 궁금해졌다. 이야기를 할수록 '엉뚱하다' 생각했던 Y가 조금은 이해됐다. 물론 이야기를 나눈 시간만큼 정비례로 이해도가 높아진 것은 아니다. 그렇다고 반비례하는 것도 아니니 낙담할 일도 아니었다. 우리는 이해와 오해 언저리를 오가며 서로에 대한 데이터를 쌓아가고 있다. Y와 알고 지낸 십여 년의 시간은 좋은 일만으로 이루어질 수 없는 두께의 농도와 밀도를 갖고 있다. 거기엔 서로 반목하거나 무관심했던 사건과 시간이 포함되어 있다.

루카, 나는 너에게 네가 왜 루카인지 묻지 않았다. 예전에도 지금도 나는 그것이 잘못이었다고 생각하지 않는다. 너 역시 내가 왜 딸기인지는 묻지 않았으니까. 나는 이제 너와 함께가 아니고 여전히 어떤 것들에 대해서는 묻지 않은 채 살아간다. 어떤 일들은 그저 어쩔 수 없고 어떤 일들은 노력해도 나아지지 않으며 함께 살아야 한다고 말하지만 우리는 어떤 사람들과는 함께 살 수 없다. 그저. 그럴 수 없다. (중략) 나는 내 믿음을 지켰고 너를 잃었다. 그 사실이 가끔 나를 찌르지만 나는 대체로 평안하다. 그런데 루카, 너는 어떠니. 너는 그곳에서 평안하니. 루카였고 예성이었던 너는.[43]

「루카」는 사랑하는 사람을 잃은 두 사람, 루카의 연인이었던 딸기와 루카 아버지의 이야기이다. 그러니까 연애 실패담이다. 루카를 가장 사랑하는 사람이라 자부하는 두 사람에게 루카의 상실은 헤아릴 수 없는 상처와 고통을 남긴다. 나는 이 새드엔딩이 해피엔딩보다 긍정적으로 느껴진다. 루카의 상실을 슬픔과 고통으로 가득 채우는 것이 아니라 '공백'으로 비워둠으로써 이들의 연애담은 '끝나지 않는 이야기'가 된다.

내가 아직 모르는 Y의 이야기와 그 공백도 그러하다고 생각한다. 나는 십 년간 같이 공부한 Y를 알지 못한다는 사실이 두려웠다. 그러나 모른다는 사실은 '끝'이 아니다. 그 공백과 균열의 틈새로 우리의 우정이 물들어가기를 기대해 본다. 치매로 시작했지만 우정에 대한 처방전으로 글을 마무리한다.

사족.

치매를 걱정하는 Y를 위해 책을 몇 권 읽어봤다. Y가 기억해 둘 만한 몇 가지 메모를 남긴다.

첫째, 수험생에게 좋다는 음식을 먹도록 해. 두뇌 회전과 뇌세포에 도움이 되는 음식이 수험생뿐 아니라 치매 예방에도 도움이 되는 음식이더라. 카레, 견과류, 식물성 단백질. 그중에서도 쥐눈이콩이 특히 좋대.

둘째, 치매와의 전쟁은 성인병과의 전쟁과도 같아. 고혈압, 당뇨, 심장질환 등은 혈관성 치매의 원인이 될 수 있으니 성인병을 예방하는 식단(쉽게 말해서 맵고 짠 음식을 피하는)과 규칙적인 운동을 생활화하도록 해.

셋째, 독서, 낭송, 필사와 같은 두뇌 활동을 규칙적으로 하라는데 이건 지금도 잘하고 있으니 늙어서까지 계속 같이 하자.

마지막으로, 증상이 의심스러울 때는 조기 진단을 받도록 하

라는데 요즘 이런 시스템이 잘 되어 있대. 걱정되면 검사 한 번

받는 것도 좋을 것 같아.

초년의
맛

거북목 에
김세희의 「가만한 나날」 을
처방합니다

'거북목' 사회 초년생

2021년 2월, 작은딸은 'N포 세대' '자본이 낳은 세대'에 이어 '코로나 세대'라는 별명을 하나 더 붙이고 사회 초년생이 되었다. 딸은 예술전문대 애니메이션학과 졸업생이다. 코로나의 여파로 졸업식도 못 했다. 졸업 작품 상영회도 취소되었다. 상영회 때 전시 부스에서 나눠줄 생각으로 만들었던 딸의 명함은 인쇄소에서 온 박스 그대로 집에 보관되어 있다. 딸의 명함을 받은 몇몇 사람들은 필명의 느낌이 잘 드러난 명함이라고 칭찬을 아끼지 않았다. 딸의 어깨가 으쓱 올라갔다. 그러나 나는 그 조막만한 것을 만들려고 딸이 날밤을 샜다는 사실을 안다. 자기가 좋아서 하는 일이라지만 딸이 하고 싶어 하는 일은 들인 시간과 노력에 비해 보상이 너무 없다. 경제적인 보상뿐만 아니라 사회적인 인정도 박하다. 세상은 '오타쿠'가 자기 좋아하는 일을 하며 돈까지 벌려고 하는 걸 지나친 욕심이라고 생각하는 것 같다. 딸이 명함을 뿌릴 날이 올까?

마지막 학기에 딸은 졸업 작품 마무리와 함께 자기소개서를 쓰고 포트폴리오를 만드느라 바빴다. 얼어붙은 채용시장에 원서를 넣을 곳이 있을까 싶었는데, 딸의 전공과 관련 있는 웹툰과 게임 시장은 비대면 시대를 맞아 호황을 누리고 있었다. 나는 딸이 취업을 한다는 게 상상이 되지 않았다. 하지만 자소서를 읽으며 웹툰을 편집하는 일이라면 딸이 잘해내리라는 확신이 들었다.

스물넷, 딸은 인생의 반을 만화와 함께 해왔다. 그 긴 시간 읽어댄 만화책의 양과 SNS 친구들과 '덕질'하며 보낸 시간의 양은 무지막지하다. 노는 건지 공부하는 건지 일하는 건지… 알 수 없는 '무용한 시간'이 딸의 인생에서 반을 차지하고 있다. 무수한 만화와 영화와 유튜브 영상을 보느라 시간을 흘려보내는 것은 기성세대인 나의 눈에는 '생산적'인 일로 보이지 않았다. 영화 〈벌새〉의 김보라 감독이 이를 "비생산적인 생산의 시간"[44]이라고 호명했을 때, 딸의 일을 조금이나마 이해할 수 있었다. 비생산적인 시간처럼 보이지만 그런 시간을 거쳐야만 만들어지는 일이 있다. 영화가 그러하고 딸이 하고 싶어 하는 만화도 그렇다. 그러고 보니 내가 하고 싶은 글쓰는 일도 다르지 않다는 생각이 든다.

딸은 긴 시간을 컴퓨터 모니터, 아이패드 화면, 휴대폰 액정을 들여다보느라 체형도 바뀌었다. 어깨는 구부정하고 목은 거북목이다. 안구건조증을 호소하고, 최근에는 블루라이트 차단 안경을 찾아보고 있다. 극장에 가면 팝콘을 들고 서 있는 사람의 자세만 보고도 그 사람이 '덕질' 하는 사람인지 아닌지 감별해낸다. 이제는 종이에 연필로 그림을 그리는 시대가 아니라 태블릿에 전자펜으로 그림을 그리는 터라 딸의 손목과 팔꿈치, 어깨도 신통치 않다. 종이와 달리 태블릿은 필압의 표현이 어려워 손목과 어깨에 힘이 더 많이 들어간다고 한다. 딸은 아령과 배드민턴 채를 사와 운동 의지를 불태웠지만 운동하러 밖에 나가는 날은 며칠 없었다.

딸의 면접은 자신의 방에서 줌으로 면접관의 질문에 대답하는 비대면 방식으로 이루어졌다. 방 밖으로 딸의 목소리가 들려왔을 때 나는 혼자 웃었다. "「격기3반」을 그리신 이학 작가님과 「집이 없어」의 와난 작가님 웹툰을 좋아합니다."

그 후로도 무슨 무슨 작가님, 작가님, 작가님… 의 향연이 이어졌지만 나에겐 '생뚱맞고' 낯선 이름들이었다. 이럴 때 내가 모르는 딸의 세계가 있다는 것이 실감 난다. 딸이 면접을 준비하며 가장 고민한 답변은 왜 작가가 되지 않고 취직하려는 것인지 묻는 질문이었다. "뭐라고 말하지?" 우물쭈물하는 딸에게 나는 물었다.

"왜 취업하려고 하는데? 매일 출근할 자신 있어?"

"큰돈을 벌고 싶어!"

"웹툰 회사 돈 많이 안 줄 텐데…."

"백만 원은 벌 거 아니야!"

그러고 보니 백만 원은 딸에게 큰돈이었다. 그간 알바로 번 돈은 매달 4~50만 원 안짝이었다.

딸은 면접에 이어 실무 테스트까지 거쳤지만 결국 채용되지 못했다. 한 동안 코가 쑥 빠져 있던 딸에게 게임 회사에서 외주 만화를 그려줄 수 있겠냐는 연락이 왔다. 단가가 세서 잘만 하면 큰돈을 벌 수 있다고, 딸은 다시 의욕적이 되었다. 말은 그렇게 했지만 졸업 후에도 무언가 할 일이 있다는 사실에 안심하는 것 같았다.

'초년의 맛' [45]

돌이켜 보면 20대 중에서도 가장 열정적이던 시기였다. 내가 채털리 부인에게 얼마나 정성을 쏟았던가. 그보다 더 열심히 일할 수는 없었다. 그것도 완전히 자발적으로, 20대 중반까지는 돈을 지불하고 뭔가를 학습하고 받아들이기만 했다. 그런데 이젠 돈을 내는 것이 아니라 받았고, 내 머리와 손끝을 써서 뭔가를 생산해 냈다. 그 느낌이 너무 좋았다. 쓸모 있는 존재라는 느낌. 조금만 더 시간을 할애해 정성을 기울이면 결과물이 더 좋아지는 게 눈에 보였다.

리뷰 업무를 하느라 하루를 다 보낸 날에는 저녁을 먹고 사무실에 남아 일상 게시글을 작성했다. 개인 블로그로 보이기 위해 일상적인 내용을 담은 글을 올려야 했고, 직원들은 가족과 친척들, 그 반려동물들 사진까지 활용했다.[46]

김세희의 첫 작품집 『가만한 나날』의 주인공들은 사회 초년생이다. 첫 직장에 입사하고, 첫 상사를 만나고, 처음으로 살림살이를 장만한다. '자본이 낳은 세대'의 청년답게 이들의 형편은 팍팍하다. 저금리 대출 때문에 혼인신고를 하고 중고 가게에서 살림살이를 사온다. 하고 싶은 영화 일과 직장 사이에서 갈등하고, 어렵게 들어간 직장에서는 자신의 입지를 굳히기 위해 '영혼을 갈아 넣으며' 일한다. 표제작 「가만한 나날」에서 주인공 진경은 블로그 후기 마케팅 홍보 회사에 입사한다. 진경은 가짜 블로그 운영자가 되어 의뢰받은 기업 물품의 사용 후기를 쓰는 일을 한다. 진경은 좋은 성과를 내기 위해 가족이나 지인의 개인 블로그에서 사진을 가져다 쓰기도 하고, 너무 열심히 일한다고 동기들로부터 핀잔을 받기도 한다. 진경은 '일 잘한다는 소리'를 듣기 위해 야근도 마다하지 않는데 이건 단지 평판이나 성과 때문만은 아니다. 자신에게 주어진 일을 잘 해내고 싶은 의욕과 처음 일을 배우는 사람의 설렘에 자발적으로 푹 빠져버렸다.

자소서에 쓸 내용을 떠올리고 메일로 온 채용 공지문을 정독하는 딸의 모습에도 이와 비슷한 몰두가 있었다. 자신이 쓸모 있는 사람이 된다는 것, 그간 비용을 지불하고 소비했던 상품의 생산자가 된다는 것, 이건 누구에게나 기분 좋은 흥분과 설렘이다. 지금까지의 방만했던 생활을 청산하고 마늘과 쑥을 먹고 사람이 된 웅녀처럼 되겠다고 매일매일 새롭게 다짐하는 나날이 시작되었다. 스케줄을 점검하고 일과표를 만든다. 인생이 짜임새 있게 굴러간다는 느낌은 내가 참 괜찮은 사람이라는 자기 확신과 암시를 준다.

게다가 내가 지금껏 뭔가를 사고 찾을 때마다 검색해 참고했던 블로그 후기들도 죄다 업체를 통해 작성된 것이라는 사실을 알게 되었다. 일반인이 운영하는 블로그 글이 검색 결과 상위에 노출되기란 거의 불가능했다. 맛집이나 병원처럼 사람들이 자주 검색하는 키워드일수록 그랬다. 많은 사람들이 자주 검색하고 참조하기 때문에 시장이 되는 것인데, 시장이 되면 사람들이 원하는 진짜 정보는 닿지 않는 곳으로 밀려난다.

이것이 경제구나.

나는 세상의 이치를 목도한 사람처럼 약간의 경이로움과 체념을 느끼며 고개를 끄덕였다.[47]

진경은 '영혼을 갈아 넣으며' 몰두했던 일의 내막을 알게 되면서 자신이 쏟아 부었던 열정만큼 혐오와 수치심을 느낀다. 소설은 사회문제가 되었던 살균제 피해자의 에피소드를 가져와 진경의 곤혹스러운 심경을 극대화하고 있다. 이 부분을 읽으며 직업의 세계가 갖고 있는 궂은 측면을 단적으로 보여준다는 느낌이 들었다. 직업인이 되어 경제생활을 하는 것은 떳떳하지 않은 일도 감수하는 인간이 되어가는 체념의 과정일 수 있다. 비정규직으로 살아온 내 직업의 세계에도 그런 마뜩찮은 부분이 있다.

만화계 미투 사건이나 게임 산업에서 이슈가 되는 선정성, 폭력성, 혐오와 차별의 발언을 떠올린다. 나는 딸이 가고자 하는 직업의 세계에도 사회적 안전망이 거의 없다는 걸 알기에 걱정이 된다. 고용 안정성도 없고 복지 제도도 없다. 그에 따른 사회적 대우도 보수만큼 주어질 것이다. 딸이 겪게 될 시시콜콜한 불합리와 푸대접에 대해 나는 '쉴드'를 쳐주지 못할 것이다. 딸이 실망하고 '삐딱한' 인간이 되어가는 걸 안타까워하겠지만 달리 내색하지 못할 것이다. 밥벌이의 세계에서 딸과 나는 비슷한 입장이고 버티는 것 말고는 뾰족한 수가 없다.

버티는 것도 재능이라는 말이 딸에게 위로가 될 수 있을까?

공동 작업실 동료가 되다

외주 만화 작업은 꽤 까다로웠다. 코믹스 원작이 있는 작품을 게임으로 출시하는 회사에서는 딸의 테스트 그림을 마음에 들어 했다. 이후 피드백으로 자잘한 수정 사항이 계속 날아왔다. 장당 단가가 센 이유는 그만큼 시간이 많이 들기 때문이었다. 딸은 자기 방에서 작업을 하다 지치면 밖으로 나왔다. 소파에 발랑 드러누워 "망했어!" "글렀어!" 같은 푸념을 늘어놓을 때, 딸의 모습은 '뒤집힌 풍뎅이' 같다. 다리를 버둥거리는 벌레 옆에 말풍선이 만들어지고 짜증내는 말이 공중에 둥둥 떠 있는 것이 보인다.

일본 만화 『바쿠만』에서 인생을 배웠다고 말하는 딸의 로망은 만화 속으로 들어가 2차원의 세계를 사는 것이다. 2차원의 평면에서는 날마다 다이내믹하고 스릴 넘치는 일이 펼쳐지는데, 3차원의 현실 세계는 '입체적으로' 재미가 없다고 한다. 일에 관해서도 딸은 닌텐도 게임 〈동물의 숲〉 속으로 들어가 화석을 캐고 낚시를 하며 살고 싶어 한다. 〈동물의 숲〉에서 딸은 근면 성실한 사람이다. 쉬지 않고 체리를 줍고, 화석을 캐고, 낚시를 해 벽지를 새로 사고 가구를 바꾼다. 인간관계에 있어서도 네 개의 계정에 포진해 있는 SNS 친구들이 가족보다 자신을 더 잘 알고 있다고 확신하고 있다. 이건 맞는 말이다. 가족이라고 상대에 대한 이해가 더 깊은 건 아니니까. 나와 딸 사이에는 '다른' 세대의 경험이 있고, 이걸 간극 없이 이해하기란 어렵다.

딸의 외주 알바는 오래가지 않았다. 그 다음 일자리는 입시 미술학원 만화반 강사 자리였다. 딸의 중고등학교 시절은 만화 학원 일과가 전부였으니 이 일 또한 딸에게 어울려 보였다. 딸은 특히 주 2일 근무를 마음에 들어 했다. 주 2일 일하고 나머지 시간은 개인 작업에 쓰면 되겠다는 계산이었다. 그러나 주 2일 근무는 한 계절이 지나 주 3일로 늘어났고 방학에는 특강 수업이 더 잡혔다. 근무 일수가 느는 만큼 수입도 늘었지만 도무지 개인 작업을 할 시간이 나지 않아 무료해했다. 의욕적인 원장이 학원 블로그 관리를 비롯해 수업 외 가욋일을 폭발적으로 늘려가던 어느 날, 딸은 학원을 그만뒀다.

학원 강사를 하며 모아둔 약간의 돈으로 딸은 만화와 웹툰 클래스에 등록했다. 그 후 딸은 클래스에서 알게 된 사람들과 정기적으로 모임을 갖더니 공동 작품집을 내고 아트페어에도 나갔다. 그다음 해에는 출판지원사업에 선정돼서 개인 만화책을 내고 독립서점 판매를 시작했다. 서점에서 입고 요청 메일이 오면 흐뭇한 표정으로 자신의 만화책을 들고 우체국으로 갔다. 확실히 일을 안 하니 개인 작업 시간이 늘었다. 그래서 가능한 일이었다. 그래도 전업 작가가 아니니 짬짬이 채용 공고를 살펴보고 조건 좋은 웹툰 회사에 지원하기도 했지만 아직까지 채용되지 못했다.

글을 쓰는 나와 만화를 그리는 딸은 가끔 공동 작업실에 대한 수다를 떤다. 작업 공간과 생활 공간이 붙어 있으면 작업 능률이 오르지 않는다. 일과 휴식의 분리도 이루어지지 않는다. 그러나 우리에게는 아직 작업실의 임대료를 감당할 만한 능력이 없다. 일이 꾸준히 들어오리라는 보장도 없다. 프리랜서의 자유란 이런 허허벌판에서 불어오는 바람과 같은 것이다. 시원하다기보다 춥다.

현재 우리 집은 유사 작업실 모드다. 일정 시간에 같이 식사를 하고 각자 방으로 들어가 작업을 한다. 쉬는 시간엔 같이 넷플릭스 드라마를 보며 머리를 식힌다. 나름대로 한 공간을 공유하며 작업하는 데 큰 불편은 없다. 집이 답답할 땐 같이 짐을 싸서 근처 프랜차이즈 카페에서 작업하기도 한다. 이렇게 딸은 나와 공동 작업실을 꿈꾸는 동료가 되었다.

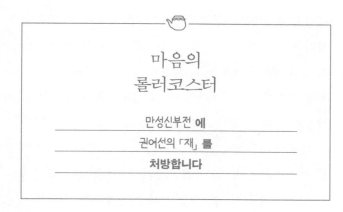

마음의
롤러코스터

만성신부전 에
권여선의 「재」 를
처방합니다

나에게 무슨 일이 일어난 것일까?

'절편과 식혜, 누룽지와 순두부, 데친 브로콜리와 양배추에 연한 초고추장 또는 발사믹 소스…' 요즘 내 머릿속은 온통 먹을 것 생각뿐이다. 학교 개강을 앞두고 바뀐 정보처리시스템이나 학사일정을 확인하면서도 틈만 나면 '뭐 먹지?'라고 생각한다. 머릿속으로 냉장고를 스캔하고, 언제 먹어도 좋은 도토리묵과 두유가 있으면 안심이 된다.

냉장고 한편에는 소금 간을 하지 않은 무생채 한 통이 떡하니 자리를 차지하고, 그 옆에는 저염 간장과 저염 소스가 있다. 책상 위에도 병원 진료 후 받은 영수증과 환자 교육용 책자가 아무렇게나 쌓여간다. 2021년 겨울, 나는 만성신부전 3단계 진단을 받고 포털 사이트의 '신장병 환우회 카페'에 가입했다. 카페에 올라오는 내용 중에서도 무엇을 먹으면 좋은지, 식재료를 어떻게 요리하면 신장병 환자도 먹을 수 있는지 알려주는 정보가 가장 유용하다. 카페에 올라오는 광고도 환자 전용 식사 대용품이나 전문병원에 관한 것들이 주를 이룬다.

밥을 다 먹고 계산을 하기 위해 지갑을 여는데 무언가 툭 떨어졌다. 국수집 보너스 푸른 용지였다. 열 개의 칸 중 마지막 칸만 비어 있었다. 가만히 보고 있자니 그 빈칸은 그가 들어가 채워야 할 병실의 축도처럼 보였다. 그리고 아홉 칸에 찍힌 붉은 무늬 스탬프는 작은 병실에서 저마다 몸을 꿈틀거리며 침대에서 바닥으로 내려와 창을 향해 기어가는 벌레 존재의 궤적처럼도 보였다. 아무 기댈 곳도 없고 아무 쥘 것도 남지 않은 이제 와서야 그는 비로소 겉

돌던 세상의 틀 속에 겨우 들어앉게 된 듯한 느낌이었다. 회오리치던 그의 가르마를 누군가 단정히 잡아준 것만 같았다.[48]

동네 내과에서 소변과 혈액 검사를 받았는데, 의사 선생님은 드라마에서 봤던 것과 똑같은 말을 했다. "큰 병원 가서 조직검사를 받아보세요." 의사 선생님은 긴말하지 않겠다는 눈치였고, 내가 할 수 있는 말은 고작 이랬다. "어느 병원에 가면 좋을까요?" 아무 데나 가서도 된다는 하나마나한 대화를 나누고 내과를 나왔다. 나는 검사 결과지의 내용을 전혀 이해할 수 없었다.

그 후 대학병원에 2박 3일 입원해서 조직검사를 받고 신장병 관련 책을 두 권 읽었다. 자가면역계 질환인 IGA 신증이라는 진단을 받았지만 아직도 어리둥절하다. 혈액투석과 신장이식이 나와 무관하지 않을 수 있다는 생각이 들고, 신장은 한번 망가지면 돌이킬 수 없다는 말이 공포로 다가온다.

도대체 무슨 일이 일어난 것일까? 나는 이제 무엇을 하지 못하고 무엇을 해야만 하지? 두뇌 회로가 고장 난 것처럼 어쩔 줄 몰라 하며 두 달 내내 잠만 잤다. 잘수록 잠이 늘었고 자다 보니 환자 비슷한 모습이 되었다. 카프카의 「변신」에서 아침에 눈을 떠보니 '갑충'이 되어 있던 '그레고르'처럼, 어느 날 갑자기 환자가 되었다. 이제 나의 정체성은 사구체여과율과 단백뇨 수치 등 '숫자'로 표시된다.

마음의 롤러코스터

권여선은 내가 '애정'하는 소설가다. 권여선의 소설은 격조 있고 아름다운 문장과는 거리가 멀다. 평범해 보이는 우리의 속내에 들어 있는 괴팍스런 성정이나 쓸데없는 고집을 자기공명영상법에 투과한 것처럼 보여준다. 벌레 물린 상처를 긁고 긁어 피가 났을 때 느껴지는 고통스러운 쾌감처럼, 상처를 후벼 파는 권여선의 불편하고 이물스러운 문장을 읽을 때 알 수 없는 희열을 느낀다. 최근 발표된 소설집『아직 멀었다는 말』에 수록된 작품에도 이런 면모가 견지된다. 스무 살이 되자마자 유일한 가족인 언니가 자신의 이름으로 대출을 받아 도망간 소희(「손톱」), 계약

연장을 미끼로 쪼개기 계약에 얽매일 수밖에 없는 비정규직 강사 N(「너머」), 자식이 학폭 피해자이지만 가해 학생의 미래를 위해 처벌을 원치 않는다는 서류에 서명해야 하는 해옥(「친구」). 모두가 비극적인데 누구 한 사람도 '상투적'으로 비극적이지가 않다.

그는 커피를 받아 창가 자리로 가서 앉았다. 의사는 곧바로 수술 일정을 잡으려 했지만 그는 생각을 좀 해보겠다고 말했다. 아, 생각을 좀 해보겠다고요, 라고 의사는 그의 말을 반복하더니, 그래도 뭐 어차피 안 할 수는 없는 수술이고 하니까, 하고 권태롭게 덧붙였다. 안 하면 안 하는 거지 안 할 수 없는 수술이 세상에 어디 있나 하는 반발심이 일었다. 순간 그의 머릿속에 민지에게 이 사실을 알려주면 어떨까 하는 생각이 떠올랐다. 그러자 예상치 못한 돌연한 생기가 솟구쳤고 고대하는 여행을 준비할 때처럼 마음이 들떴다. 그는 전화로 얘기해야 할지, 중국에 있는 민지를 직접 찾아가야 할지, 찾아간다면 언제쯤 찾아가야 할지, 민지를 만나면 바로 얘기를 할지, 헤어질 때 공항에서 얘기를 할지, 민지는 어떤 반응을 보일지, 자신

은 또 그것에 어떻게 대처할지 등등에 대한 세밀한 망상에 빠져들었다.[49]

단편소설 「재」의 주인공은 폐암 선고를 받은 독신 중년 남성이다. 수술을 앞두고 주인공은 세상이 갑자기 '잿빛'으로 변해버린 듯하다. '그레고르'가 된 것처럼 병원 전광판에 뜨는 자신의 이름이 낯설다. 읽고 있는 책에서도 '병원'이라는 단어만 확대되어 보인다. 그는 같이 살지 않는 딸에게 수술 사실을 알려야 한다. 머릿속으로 혼자 계획을 세우고 들뜨다 제 풀에 지쳐가는 모습은, 지난 두 달 동안의 내 모습과 너무 똑같다. 나는 내쳐 자다가 문득문득 망상에 빠졌다. 신장은 얼마나 망가진 것일까? 앞으로 일을 줄여야 할까? 친구들에게 어떻게 알리지? 우리 집 가정경제는 병원비를 감당할 수 있을까? 여기에 담배를 35년째 피고 있는 남편의 건강에 문제가 생기면 정말 답이 없다는 절망까지….

망상은 불안과 초조를 향해 달려갔다. 앞으로 남은 일은 늙거나, 아파서 늙는 일뿐이고 좋은 일은 하나도 남아있지 않은 것처럼 보였다.

3층짜리 연립주택의 뒷벽은 페인트칠을 하지 않아 흉하고 투박한 잿빛 벽면에 층마다 아주 작은 창문이 네 개씩만 달려 있었다. 부엌 창문이었다. 그와 정희가 신혼살림을 차렸던 집은 2층 왼편 끝 집이었는데 그들은 그곳에서 육 년을 살았다. 그곳에서 민지가 태어났고 그곳에서 정희가 말없이 민지를 데리고 떠났다. 문득 그 집에 올라가 벨을 눌러볼까 생각했지만 그러지 않기로 했다. 부질없는 짓이어서가 아니라 겁이 나서였다. 서너 살 된 민지가 아직도 거실에서 혼자 놀고 있을 것만 같아서, 치료를 포기한 정희가 아직도 방에 누워 앓고 있을 것만 같아서, 부엌 창문 앞에 아직도 짙은 갈색의 울퉁불퉁한 두꺼비 재떨이가 놓여 있을 것만 같아서, 등 뒤에서 정희가 당신 빨리 논문 쓰라고, 이렇게 살면 안 된다고 나직나직 속삭이고 있을 것만 같아서. 그럴 리가 없는데도 꼭 그럴 것만 같아서 그는 겁이 났다.[50]

망상 가운데 가장 힘든 것은 자책과 자괴감이었다. 나는 인스턴트 음식과 냉동식품을 거리낌 없이 먹었고 알코올과 카페인 또한 평균 이상으로 섭취했다. 우리 집 아이들이 배달 음식과 외식을 좋아하는 것도 나의 식습관과 무관하지 않다. 나는 건강을 과신했고 먹는 문제로 시간과 에너지를 낭비하고 싶지 않았다. 한편으로는 표준적인 건강관리의 기준에서 벗어나고 싶은 삐딱한 마음이 있었다. 무농약이나 유기농 마크가 붙은 식재료를 골라 쇼핑하는 중산층 주부는 되고 싶지 않았다. 그렇다고 남들과 아주 다르게 산 것도 아니다. 남들 결혼할 때 결혼해서 4인 가족의 표준에 맞게 아이 둘 낳고, 큰 아파트와 큰 자동차를 목표로 살아왔다. 남들처럼 못 살까 봐 전전긍긍하면서도 남들처럼 평범해질까 두려워하는 속물근성이 내 인생을 이끌어온 동력이었다. 그간 살아온 날을 이리저리 헤집어 봐도 남는 건 '만성 신부전'이라는 질병 하나밖에 없었다.

쓰지 못한 박사학위 논문에 이르면 자책과 자괴감의 쌍곡선은 더 큰 파장으로 요동쳤다. 십 년 전 나는 논문과 학위를 포기했다. 이때도 제도권 지식노동자가 되지 않겠다는 삐딱한 마음이 있었다. 그 후 십 년 동안, 나를 둘러싼 상황이 안 좋을 때마다 매번 논문과 학위를 포기했던 결정을 후회한다. 나이도 먹고, 돈도 없고, 건강도 나빠졌는데 학위가 있었으면 상황이 조금은 호전될 것만 같은 착각에 빠진다. 학위가 있었으면 같은 환자라도 지금의 상황이 덜 불행하게 느껴지고 위로가 될 것 같았다. "그때 그러지 말았어야 했는데…"라고 돌이킬 수 없는 것을 곱씹는 행동은 상투적으로 지리멸렬하다.

괴로웠던 것은 이런 진부한 생각이었다. 나는 상투적이고 진부한 고정관념으로 나를 재단하고 평가하고 있었다. 갑작스런 질병으로 괴로운데, 그 고통의 이유가 돈과 인정 욕망이라는 사실이 너무 뻔하고 단순해서 무안했다. '나는 왜 이렇게밖에 생각하지 못할까?' 이걸 깨달은 순간이야말로 "이렇게 살면 안 된다"고 질병이 속삭이는 순간이었고 삐딱한 마음이 필요한 때였다.

결말을 알 수 없는 이야기

'질병'이라는 예기치 못한 사건으로 가장 난감했던 것은 계획을 세우기 힘들다는 것이었다. 앞으로 상태가 어떻게 될지 알 수 없었고, 어떻게 스케줄을 조정해야 하는지도 가늠이 되지 않았다. 하는 수 없이 올해 하려던 몇 가지 계획을 취소했다. 이제까지 많은 사건이 있었고 인생이 마음대로 굴러 가지 않는다는 것을 알고 있다고 생각했다. 하지만 여전히 나는 인생을 마음대로 좌지우지하고 싶었나 보다. 그러니까 내가 괴로운 진짜 이유는 아픈 몸이 아니라 정해진 계획대로 일이 진행되지 못한 것에 대한 신경질과 화풀이였다.

만성 신부전은 많은 것을 금지시켰다. 염분이 많이 들어 있는 찌개와 국, 칼륨이 높은 채소와 과일, 인이 들어 있는 견과류와 통곡물류, 그리고 동물성 단백질. 만성 신부전 환자는 혈압, 혈당, 체중, 스트레스를 잘 관리해야 하고, 밤 늦게 자지 않고 깨어 있는 것도 나쁘다고 한다. 일찍 자고 일찍 일어나고, 덜 먹고, 규칙적으로 운동해야 하는 만성 신부전 환자의 일상은 어색하고 낯선 방식이다.

내가 즐겼던 많은 것을 금지시킨 질병이 허용하는 것은 지금까지와 다르게 살아보는 것이다. 정해진 프레임 안에서 찧고 까불던 미숙한 계산법을 버리고 계산 없이 살아보는 일이기도 하다. 무언가 하려고 애쓰기보다는 불안과 초조함을 버리고 주어진 상황을 받아들이는 일이다. 이미

반쯤 망가진 신장과 예전처럼 전력 질주할 수 없는 체력으로 할 수 있는 일을 찾아보는 것. 어쩌면 이건 지리멸렬하게 느껴지는 인생이 다르게 '변신'할 수 있는 계기일지 모른다. 이 결말을 알 수 없는 이야기에 망설임 없이 몸을 던지는 배짱이 필요하다. 질병은 나에게 당장 죽는 거 아니니까 쫄지 말고 배포를 키우라고 조언한다.

제발트의 눈은 노리치 병원의 우중충한 풍경 속에서 무엇인가 움직이는 것을 포착하는데, 그것은 병원 진입로 앞쪽의 "잔디밭을 가로질러오는 간호사"와 모퉁이를 돌고 있는 "푸른 등이 달린 구급차"였다. 제발트 자신은 음울하게 그 가치를 폄하하지만 그는 그것이 명백히 제발트의 '파김치'라는 것을 알 수 있었다. 그들, 그러니까 그와 제발트는 아직 벌레가 아니고 아무리 황량한 폐허 속에서도 무언가를 찾아낼 수 있고 찾아낼 수밖에 없는 존재들이었다. 아직은 잿빛 세상 속에 끼워 넣을 희미한 의미의 갈피를 지니고 있는 존재들이었다. 그게 비록 초록빛 소주병이나 푸른 등을 단 구급차, 붉은 무생채 가닥이나 개미처럼 움직이는 간호사의 실루엣에 불과하다 할 만성 신부전 3단계이며 세부적으로 IGA 신증인 내 질병은 자가면역계 질환이다. 몸에 좋은 것과 해로운 것을 식별하는 면역계가 오작동을 일으키고 있다는 말이다. 그건 마치 삶에 대한 내 인식의 오류를 '복붙'(ctrl C/ctrl V)해 놓은 것 같다. 내가 인생에 있어 중요한 것을 잘못 판단하고 있거나, 그 과정을 제대로 밟고 있지 않다는 신호처럼 보인다.

만성 신부전 환자가 된 다음부터 '비자발적 채식주의자'와 '비자발적 산책자'로 살아가다 보니 하루가 잘 간다. 뭐 먹을까 궁리하고 식구들 반찬과 따로 음식을 준비하려면 시간이 걸린다. 안 걸으면 안 된다고 하니 어떻게든 시간 내서 동네를 한 바퀴 걸어본다. 걷다 보면 하늘도 쳐다보고 바람도 느낀다. 그렇게 하면서 부정적인 생각을 하기란 쉽지 않다. 잠깐이라도 긍정적이 된다.

걷다 보면, 무심히 시청과 극장과 마트와 은행을 오가는 사람들을 구경하게 된다. 두꺼운 패딩과 모자로 표정을 알 수 없게 무장한 사람들에게도 겉으로 드러나지 않는 저마다의 사정이 있으리라 짐작해 본다. 나에게는 이제 좋은 패가 하나도 남아 있지 않은가 곰곰히 생각해 본다. 그러다 보면 이 모든 생각의 우회迂回들이 결국 한 방향을 가리키고 있다는 것을 눈치챌 수 있다. '내가 참 살고 싶어 하는구나!' 하는 '단순한 진심'을 확인하게 된다.

「재」의 주인공이 바라보는 풍경은 비 오는 거리, 시멘트 담벼락, 병원의 기다란 건물 등 압도적으로 잿빛이다. 그러나 소설 속에서 두꺼운 잿빛을 뚫고 붉은 파김치, 초록빛 소주병, 연탄불 고추장불고기 같이 선명한 색깔이 문득문득 나타난다. 가족도 없고, 나이를 먹었고, 가망 없는 수술만을 남겨 두고 있는 '그'에게 이제 좋은 패가 하나도 남아 있지 않은 것처럼 보인다. 하지만 그는 잿빛 풍경 속에서도 색깔 찾기 놀이를 계속하고 있다. 황량한 풍경 속에서도 무언가를 찾으려 애를 쓰는 사람에게는, 낯선 간병인에게 자신의 몸을 맡기는 일쯤은 두렵지 않다.

나는 혈액투석과 신장이식에 대한 두려움을 덜어내려 한다. 이미 많은 사람들이 그러한 시간을 보내고 있고 언젠가는 일어날 수 있는 일이다. 겨울 내내 마음의 롤러코스터를 탔던 사람의 판단으로는, 이런 일이 나에게 일어났다고 억울해하는 것은 미성숙한 투정일 뿐이다. 미리 결말을 짐작하지 말고 하루하루 그냥 살자. 만성 신부전 환자가 된 다음부터 나의 하루는 아주 잘 간다.

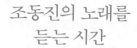

조동진의 노래를
듣는 시간

유방암 에

하명희의 「종달리」 를

처방합니다

우리는 다르게 도는 행성이었지만

내가 바람(닉네임)과 알고 지낸 기간은 십여 년이 넘었지만 '절친'은 아니다. 함께 세미나를 하거나 일을 한 적이 거의 없다. 우리는 다른 주기로 도는 행성처럼 인문학 공동체라는 같은 공간을 다르게 오고 갔다. 내가 기억하는 바람의 몇 가지 이미지가 있다. 어느 날 갑자기 초록색으로 머리카락을 염색하고 나타났을 때의 산뜻함, 10박 11일 동안 안나푸르나를 등반했다는 소문을 들었을 때의 놀라움, 깔끔한 글씨체로 써내려간 노트를 보았을 때의 정갈함, 주 방지기를 맡았을 때의 상냥함 등. 대체로 나와는 '거리'가 멀게 느껴지는 모습이다. 바람은 알고 지내면 좋은 이웃이 지만, 속내를 털어놓고 지내는 친구는 되지 못할 것 같은 거리감이 있었다. 예의 바르고 깔끔하고 안정된 삶을 사 는 사람들에 대한 편견이 있다. 나와는 다른 주기로 돌고 있는 행성을 바라보는 느낌이다. 서로를 바라볼 수는 있지 만 부대낄 일은 없는 무해한 관계라고 할 수 있다.

언젠가 바람이 남편을 따라 필리핀으로 간다는 이야기 를 들었고, 가기 직전 건강검진에서 유방암 진단을 받아 수술을 했다는 소식이 들려왔다. 유방암 소식에 깜짝 놀라 기도 했지만, 그밖에도 무수한 일들이 일어났기 때문에 바 람의 이야기는 빠른 속도로 관심 밖으로 밀려났다. 5~6년 의 시간이 지나는 동안 바람은 다시 한국으로 돌아왔고, 나는 만성신부전 진단을 받았다. 그즈음, 바람의 '환자' 생 활이 궁금해졌다. 바람은 수술과 그 후의 시간을 어떻게 보냈을까? 질병으로 인한 고통 말고도 다른 어려움이 있 지 않을까? 이제 막 환자가 된 사람으로서, 먼저 환자 생활을 경험한 선배의 조언이 필요했다.

"처음 암 진단을 받고 놀라기는 했지만, 그렇게 많이 놀라지는 않았어요."

이건 또 무슨 소리인가? 바람은 암 진단 정도쯤은 우습게 넘길 수 있는 '강심장'이었던 것일까?

"친정엄마가 오십 대 초반의 나이에 암으로 돌아가셨어요. 수술하고 2년 만에 돌아가시는 모습을 봤기 때문에 엄마처럼 암에 걸릴 수도 있다는 마음의 준비를 하고 있었어요. 그래서 다른 사람들보다 덜 놀랐던 것 같아요."

그럴 수 있겠다는 생각이 들었다. 바람은 친정어머니가 결혼 전에 돌아가셔서 결혼하고 아이 낳는 과정에서 어머니의 부재가 크게 와 닿았다고 했다. 바람의 이야기를 들으며 나도 일찍 돌아가신 아버지의 죽음을 떠올렸다. 나는 결혼을 앞둔 이십 대 중반이었고 초상을 치르는 동안 '딸 없는 사람 서럽겠다'는 소리를 들을 정도로 울었다. 아버지와의 인연이 끝났다는 사실이 당황스러웠고 본능적인 슬픔으로 울었다. 그러나 그 이후, 아버지의 부재를 느낀 순간은 별로 없었다. 이미 성인으로 성장했고, 새롭게 가정을 꾸려 살림을 사느라 정신이 없었다. 그러나 아버지가 아니라 어머니라면 이야기는 달라졌을 것이다.

나는 지금 친정어머니와 함께 살고 있지만, 같이 살지 않을 때도 어머니는 두 아이의 출산과 육아 기간 동안 '스페어 타이어'처럼 자질구레한 일을 도맡아 처리해 주셨다. 내가 이만큼 살고 있는 것에는 결코 무시할 수 없는 어머니의 '지분'이 있다. 어머니가 있어도 동동거렸던 시간들을, 어머니가 없었다면 아마 중도 포기해버렸을 것이다.

"우리집 애들도 딸이라 암 진단 받았을 때 그게 가장 마음에 걸렸어요. 딸들이 결혼하고 아이 낳고 할 때 도와줄 수 없으면 어떡하지 하는 걱정이 들더라고요."

바람은 상피내암 0기를 진단받았는데 조기에 발견해서 수술 후 예후가 좋았다. 통상적으로 5년 동안 전이가 일어나지 않으면 '완치'라고 볼 수 있는데 바람의 담당 의사 선생님은 끝까지 '완치'라는 말을 하지 않으셨다고 한다. 그만큼 '조심스러운' 말이기 때문일 것이다.

이렇게 경과가 좋다고 해도 바람의 환자 생활에 어려움이 없었던 것은 아닐 것이다. 사람들을 만날 때마다 "전 탄음식 먹으면 안 돼요, 술 마시면 안 돼요, 담배 연기 안 돼요"라고 꼬박꼬박 말해줘야 하고, 그런 말을 하는 '까다로운 사람'으로 보이는 것을 감수해야 했다. 무엇보다 보이지 않은 암세포가 자라고 있는 것은 아닌지 두려워하며, '조마조마'하는 마음으로 5년을 보냈다는 사실이 가장 피 말리는 일 아니었을까?

"엄마의 죽음을 보면서 저는 엄마처럼 살지 않겠다는 생각을 했어요. 하고 싶은 일이 있다면 미루지 말고 하자, 암이든 죽음이든 닥치면 그것대로 받아들이자, 아쉬움을 남기지 말자, 이런 얘기를 우리 자매들끼리 많이 해요."

그래서 바람은 체력이 안 되는데도 사십 대에 백두대간 종주를 마치고 안나푸르나 등반도 갈 수 있었다. 당시 바람이 안나푸르나에 다녀와서 만든 영상 에세이에는 "돌아가신 지 19년이 되었지만 어머니 생각을 하면서 산에 오르고 있다. '엄마 사랑해요!'"라는 문장이 자막으로 쓰여 있었다. 그때는 무슨 사연인지 알지 못해 고개를 갸웃거렸는데 이제는 그 문장을 이해할 수 있게 되었다.

죽음을 기억하는 애도 여행, 「종달리」

바람의 이야기에서 어머니의 죽음과 암은 '나쁘다'라고만 볼 수 없는 좋은 측면도 있었다. 삶의 일회성과 유한성을 겸허히 받아들이는 마음의 준비가 일상을 단단하게 만들어줄 수 있다는 사실을 아주 잘 보여준다. 어머니에 대한 그리움과 안타까움을 품고 살아가는 바람에 비해 아버지에 대한 애틋함이 사라져버린 내 모습이 뜬금없이 서운하게 느껴졌다.

아버지와 함께 산 25년의 흔적은 내 삶에 어떻게 남아 있을까? 아버지는 내가 배우자를 선택하는 데 하나의 기준이 되었을 것이다. 아버지처럼 잘생긴 남자를 만나고 싶지만 아버지처럼 생활력 없는 남자는 만나고 싶지 않다는 단호함이 있었다. 그 외의 것은 거의 기억나지 않는다. 대학입시를 마치고 막 뇌졸중으로 쓰러져 거동이 불편한 아버지와 서울대공원에 단둘이 놀러갔던 기억을 끝으로 아버지는 내 인생의 사진첩에서 사라졌다. 그 후 아버지는 바깥 활동을 전혀 하지 못하고 집안에서 어머니의 수발을 받다 돌아가셨다. 병색이 완연했던 모습을 기억하고 싶지 않은 내 무의식이 아버지에 대한 생각 자체를 틀어막고 있었는지도 모르겠다. 문득 떠오른 아버지에 대한 생각으로 마음이 복잡할 때, 하명희의 단편소설 「종달리」를 읽게 되었다.

> 정이가 우물쭈물하다 "사실은 나……" 하고 나를 쳐다보았다.
> "쌍둥이예요."
> (중략)
> 언니를 잃은 이후에는 누가 물어 봐도, 아니 스스로 쌍둥이라는 말을 한 번도 한 적이 없는 아이였다. 나는 쌍둥이라는 정이의 말이 얼마나 용기를 낸 말인지 알고 있었다. 정이의 말은 이번 여행의 가장 큰 선물이었다. 나도 손으로 가슴을 누르고 한 손으론 정이의 어깨를 끌어당겼다.[52]

「종달리」는 딸의 중학교 졸업 기념으로 제주도 여행을 간 모녀의 이야기이다. 이 가족에게는 3년 전 자매의 언니가 사고사를 당한 참척의 고통이 있다. 형제자매의 죽음은 남겨진 아이에게도 충격적인 상실일 텐데 아이는 자신의 고통보다 부모가 감당해야 하는 고통의 무게를 먼저 헤아린다. 하나의 슬픔이 더 큰 슬픔에게 마음을 양보하는 것이다. 「종달리」에서는 죽은 언니 연이와 남겨진 동생 정이가 '쌍둥이'였다는 사실이 여행 후반에 밝혀지며 눈시울이 붉어지는 슬픔을 가슴 시리게 표현하고 있다. 이 부분을 읽을 때 잠시 책을 손에서 내려놓았다. 정이와 엄마의 마음을 알 것만 같아서 숨이 멎을 것 같았다. 그러나 안다. 나는 결코 소설 속 인물의 마음을 액면 그대로 느낄 수는 없다.

"나를 붙잡고 울더라고. 차도 빌렸겠다, 널찍하니 길도 좋겠다, 운전할 수 있을 줄 알았는데 막상 운전대를 잡으니까 너무 무서웠대요. 그런데 어떡해? 이미 차를 빌렸으니 무조건 직진만 했다나요. 길에다 차를 버리고 싶은데 그럴 수가 없으니까 기운이 빠질 때까지 직진만 해서 달집까지 온 거죠. 그래놓고는 하룻밤을 자고 나서는 차를 끌고 갈 자신이 없다면서 또 엉엉 우는 거예요. 나, 그때 웃겨서 혼났어요. 뭐 이런 단순한 사람이 다 있나 싶어서. 근데 그 사람이 누구냐면……"

"저예요."

동백 아가씨가 뒤집개를 들고 웃었다.

"차는 보내고 저는 여기 남았어요. 집사님이 여기서 반년 살이 할 수 있게 해주어서 스태프로 참여했고요. 웃기죠? 면접에서 스물한 번째 떨어지고 나니까 뭐든 다 할 수 있을 것 같더라고요. 그래서 혼자 여행하고 운전도 해보겠다고 오기를 부렸는데 안 되더라고요. 그래도 후진이나 리턴하지 않고 여기까지 온 게 어디예요. 나는 내가 기특해 죽겠어요."[53]

제주도 여행에서 정이는 언니의 죽음을 애도하는 눈물을 흘린다. 자신이 쌍둥이 언니를 잃고 남겨진 쌍둥이 중한 사람이라는 사실을 게스트 하우스의 다른 손님들에게 용기 내어 말한다. 정이의 애도에는 '용기'가 필요했다. 정이의 용기는 게스트 하우스의 스태프 '동백'에게도 용기를 준다. 동백은 면접에서 연이어 떨어지자 훌쩍 여행을 떠나 내 마음대로 인생을 운전해 보겠다고 오기를 부려보지만, 뜻대로 되지 않는 또 하나의 좌절을 맛본다. 6개월간 제주도 동쪽 끝에 있는 종달리의 게스트 하우스에 눌러 앉았던 동백은 정이의 용기를 목도하며 다시 길을 떠나보기로 용기를 낸다. 용기도 전염이 된다.

단편소설 「종달리」의 미덕은 가슴 미어지는 슬픔을 말하고 있지만 그 용기가 상실을 견디는 힘이 될 수 있다는 사실을 동시에 말하고 있다. 아프지만, 우리는 아픈 마음을 품고 '영글은' 사람이 되어간다.

슬픔이 너의 가슴에

만성 신부전 진단을 받고 혼자서 질병에 대한 걱정에 휩싸일 때 조동진의 노래를 들었다. "슬픔이 너의 가슴에 갑자기 찾아와 견디기 어려울 때 잠시 이 노래를 가만히 불러보렴. 슬픔이 노래와 함께 조용히 지나가도록. 내가 슬픔에 지쳐 있었을 때 그렇게 했던 것처럼." 나는 조동진 3집 앨범에 수록된 이 노래를 발매 당시에는 알지 못했다. 올해 초 신문에서 조동진의 3주기를 추모하며 〈reminds 조동진〉앨범이 나온다는 기사를 읽게 되었다. 장필순은 인터뷰에서 〈슬픔이 너의 가슴에〉라는 노래가 조동진을 잃은 슬픔을 어루만져 주는 위로가 되었다고 말했다. 그래서 찾아 듣게 된 이 노래에서 조동진의 저음과 허스키한 장필순의 목소리는 나에게도 위로가 되었다. 한없이 바닥으로 가라앉은 마음 위로 장막을 쳐주는 느낌이었다. 그 장막 안에서 괴롭고 답답하고 지루했던 시간이 느리게 흘러갔지만 음악과 함께 지나갔다. 그래서 질병이 가져다준 고독과 외로움을 고요히 느껴볼 수 있었다.

"혼자 울기도 했어요. 왜 속상하지 않았겠어요. 무섭기도 하고."

그날 바람과 나는 주변 사람들의 배려에도 불구하고 환자가 느낄 수밖에 없는 고독과 외로움에 대해 이야기했다. 가족과 친구들이 아픈 나를 위해 마음을 쓰고 있다는 사실이 많은 위로가 되지만 어쩔 수 없이 환자 혼자 감당해야 하는 몫이 있다. 그 서늘함이 '삶의 이력'이 되고 다른 사람과 구별되는 '차이'가 된다.

그러한 차이에도 불구하고 바람과 나는 서로의 이야기에 공감할 수 있었다. '너 이런 아픔이 있었지?' '나는 이런 아픔이 있었어!' 서로 겉도는 이야기를 하는 듯이 보여도 아픈 사람들의 대화에는 공감대가 있다. 그날 바람과 나

는 지금 유방암으로 항암 치료를 받고 있는 또 다른 친구
에 대한 걱정도 함께 나눴다. 그 친구에게 해줄 수 있는 '실
질적인 도움이 무엇이 있을까'라는 나의 질문에 바람은 이
렇게 대답했다.

"반찬 만들어주는 것 좋아요. 환자가 먹는 게 아니라도
다른 식구들 끼니도 어떻게든 해결해야 하니까. 반찬을 만
들어주면 부담을 줄일 수 있을 것 같아요. 그리고 그 친구
의 이야기를 들어주고 응원하는 진심이 전달되면 큰 도움
이 될 거예요."

바람은 필리핀에 있을 때 만나지 못하지만 전화를 걸어
와 자신의 안부를 묻는 친구들의 마음이 너무 고마웠다고
했다. 나도 친구들의 안부 전화에 감동을 받았다. 걱정과
위로가 섞인 조심스런 목소리가 전화기로 들려올 때 그 사
람의 훈기가 느껴졌다. 나는 누군가의 불행에 대해 마음
을 내서 위로해 주지 못하는 사람이었다. 불편한 이야기를
꺼낼 용기가 없었고 그게 그 사람에게 도움이 될까 의심하
고 망설이다 포기해버리는 쪽이었다.

이제 나는 누군가의 불행한 일에 먼저 전화를 거는 쪽
을 선택한다. 그 위로가 당사자에게 큰 힘이 된다는 것을

알게 되었기 때문이다. 내가 '아는 척'하는 걸 상대가 부담스러워하지 않을까 걱정하기보다는 큰 위로가 되지 못해도 괜찮다는 마음으로 연락을 한다.

최근 들어 유방암 관련 기사가 자주 눈에 뜨인다. 암 발병 1위가 폐암이었는데 얼마 전에 유방암으로 바뀌었다고 한다. 더욱이 젊은 환자들이 늘어나는 추세에 주목해야 한다고 강조했다. 건강해 보였던 내 친구에게 유방암이 발병한 것처럼 이것은 부쩍 가까이 다가와 있는 질병이다. 이 글은 바람의 처방전을 빙자해서 지금 유방암을 겪고 있는 내 친구에게 보내는 메시지이다.

외롭고 고독할 때, 조동진의 음악을 들어보자. 서늘하게 담담하게 고요하게 그 시간이 지나갈 거야.

월간
부끄러움

이석증 에

이주란의 「넌 쉽게 말했지만」 을

처방합니다

모든 것을 멈추고 싶었다

나는 단지 모든 것을 멈추고 싶었고, 그러나 그 후의 삶이
두려워 자주 울었다. 그런 나의 매일에 대한 말들은 할 수
없다기보다는 하면 안 되는 것에 가까웠다. 언젠가 결국
엔 '그만하라'는 말을 들을 것 같아서였다. 그즈음엔 내가
몇 년 전, 오래 알고 지낸 후배에게 들은 "누나, 그렇게 살
지 마세요"라는 말을 자주 복기했다. 쉽게 뱉은 말이었을

까, 어렵게 꺼낸 말이었을까, 비아냥댄 걸까, 내게 상처를 받았던 걸까. 그러니까 나는 무엇인가? 나는 내가 거의 모든 것을 멈추고 싶었다거나 이곳으로 돌아올 수밖에 없었던 이유가 그 말 때문이라고 생각하지 않지만, 얼마 전 그 후배를 한번 만나고 싶다는 생각을 한 적이 있다.[54]

H가 직장을 그만둘 때의 심정은 이주란의 단편소설 「넌 쉽게 말했지만」의 주인공과 똑같지 않았을 것이다. 그러나 두 사람의 퇴사에는 공통된 감정이 포함되어 있지 않을까 싶다. 소설 속 주인공은 "다 싫다는 생각 말고 다른 생각을 할 수 없"었다. "두세 달만 쉬고 싶었는데 아예 그만두지 않는 한 두세 달을 쉴 수 있는 방법이 없"어 퇴사를 하고 서울 외곽에 있는 엄마 집으로 들어왔다. 그리고 "누나, 그렇게 살지 마세요"라고 했던 후배의 말을 곱씹으며 시간을 보내고 있다. 어디서부터 잘못된 것인지 알고 싶었기 때문이다. "미안해, 시간이 없어"라는 말을 입에 달고 살 정도로 바빴다. 번듯한 학벌이나 부모의 경제력이라는 자원을 갖지 못한 이십 대 여성에게 서울에서의 독립생활은, 더 나빠지지 않기를 바라는 것이 최선이었다.

부산이 고향인 H는 아버지와 집으로부터 벗어나기 위해 서울에 취업을 했다. '여자다움'을 강요하는 아버지의 시선과 간섭은 청소년기 내내 두 사람 사이의 불화의 원인이었다. H는 대학을 졸업하고, 사회복지학과 전공을 살리면서도 집을 나올 명분을 만들기 위해 서울에 있는 '청소년쉼터'를 첫 직장으로 선택했다. 이후 H는 이삼십 대 대부분의 시간을 NGO 단체, 사회적 기업, 비인가 대안 학교 등 진보적인 사회운동을 하는 단체에서 일했다. H가 하고 있는 일의 취지나 함께 일하는 동료들과의 신뢰는 돈독했다. 하지만 활동가가 몇 명 되지 않는 작은 조직의 남성 리더가 갖는 권위주의적 사고방식은 아버지만큼이나 H를 못 견디게 했다.

돌이켜보면 너무 어려서 당차게 대응하지 못했나 하는 아쉬움이 남고, 똘똘 뭉쳐 싸워볼 수도 있었는데 왜 당하기만 했을까 억울하기도 하다. 진보 진영의 권위주의적 행태는 형용모순 같지만 H에게는 현실이었다.

아버지와 불화하며 보낸 시간 때문인지 H는 청소년과 함께하는 일에 관심이 많다. H는 꽤 오랜 시간 여행을 주제로 한 대안 학교에서 아이들과 생활했다. 대안 학교 교사는 아이들이 몸으로 부딪쳐올 때 함께 뒹굴며 아이들이 성장할 수 있게 도와주어야 하는 사람이라고 생각한다. 그런데 어느 순간 H는 자신이 과연 아이들이 부딪쳐 오는 힘을 받아줄 수 있는 사람인가 하는 불안과 의심에 사로잡혔다. 2014년 세월호 참사 보도가 있던 날, H는 아이들과 제주 여행 중이었다. '전원 구조' 뉴스를 보고 마음 편히 점심 식사를 했는데 이후, 상황은 경악스럽게 흘러갔다. 지금 무슨 일이 일어나고 있는지 파악할 수 없었다. 흥분한 아이들은 계속 광화문 집회로 달려갔다. 그중에는 경찰에 잡혀간 아이도 있었다.

아이들의 마음은 물론 본인의 마음도 추슬러지지 않았지만 일은 계속됐다. 국내든 해외든 아이들과 함께 여행을 떠나는 일은 철저히 준비해도 긴장과 불안의 연속이었다. 인원이 적은 대안 학교의 특성상 교사는 커피 한 잔 마시는 모습, 의자에 다리를 꼬고 앉는 자세 하나까지 아이들의 시선 아래 놓였다. H는 자신의 행동 하나하나가 아이들에게 영향을 준다는 사실이 부담스러워졌다. 스트레스로 몸무게가 심하게 빠지고 잠을 잘 수 없었다.

몸과 마음이 모두 '바닥을 쳤다'고 느꼈을 때, H는 일을 쉬어보기로 했다. 일보다는 자신을 건사해야 했다. 때마침 코로나가 시작되었고 의도하지 않았지만 H는 비교적 긴 휴식기에 접어들었다. 이 기간 동안 디스크 수술을 했고 이석증 진단을 받았다. 예전에도 머리가 깨질 듯이 아프고 속이 메슥거려 병원을 찾은 적이 있었지만 그때는 원인을 찾지 못했다. 여행 일정이 잡히면 혹시 외지에서 통증이 찾아올까 두려워 미리 약을 타놓기도 했다. 이번에 이석증 진단을 받고 나니 H는 마음이 편해졌다. 막연히 왜 아플까 걱정되고 불안한 마음에 붙들려 있지 않고, 병명도 알았다. 통증이 다시 찾아오면 어떻게 처치해야 하는지도 알게 되었으니 말이다.

고양이와 담배

흐미가 흘러나오는 영상을 끄고 붕어빵을 파는 아주머니를 생각한다. 오늘 나오셨을까, 붕어빵을 사올까, 옥수수를 사올까, 엄마는 옥수수를 참 좋아하는데. 그냥 둘 다 살까, 고민하고 생각한다. 얼굴을 씻고 밖으로 나가면서 요즘의 내가 이런 생각들을 열심히 한다는 것을 알았고 기분이 좋았다. 나는 죽어도 알 수 없는 타인의 마음 같은 것을 신경쓰면서 초조해하지 않고 내가 결정하면 되는 것들을 생각하는 것. 그것이 죽느냐 사느냐는 아니고 붕어빵이냐 옥수수냐 하는 것이지만.[55]

이주란의 소설 속 주인공은 급식실에 일하러 가는 엄마 대신 저녁밥상을 준비하고, 가끔 유튜브 영상을 본다. 계절이 바뀌고 시간이 가는 것을 느낄 수 있는 여유 있는 한때를 보내고 있다. 더운 여름날 붕어빵과 옥수수를 파는 아주머니가 장사를 나올까 궁금해한다. 붕어빵을 살까, 옥수수를 살까 생각하는 자신의 고민 내용이 마음에 든다. 더 가난해질 수밖에 없는 상황을 계산하거나, 한밤중에 아래층 아저씨가 욕을 하며 쫓아 올라오는 건 아닌지 두려워하며 밤잠을 설쳤던 그녀. 이제 붕어빵과 옥수수 사이에서 고민한다. 엄마가 일하는 급식실에 취업하는 것도 괜찮을 것 같다는 계획을 세워보기도 하고, 동네 꼬마들에게 사탕을 사주며 장난스럽게 말을 건다. 난생 처음 과일청을 만들어 고생스러웠지만 "망쳤다"는 느낌이 들지 않는다. 그녀는 스스로에게도 남에게도 너그러워지고 있다.

　최근 이전 직장 상사가 H에게 안부를 물었다.

　"요즘 어떻게 지내?"

　"일주일에 하루는 그림 그리러 가고 하루는 공부해요. 틈틈이 운동과 산책도 하며 지내요."

　"너는 참 하고 싶은 대로 하고 사는구나. 드물게 이상적인 퇴사자의 모습이네."

　물론 H가 하고 싶은 대로 다하고 사는 것은 아니다. 한동안은 실업급여로 생활비를 충당했고, 모아놓은 돈이 떨어질 때쯤 운 좋게 일주일에 이틀 나가는 계약직 일을 하게 되었다. 곧 다시 정규직 일자리를 구해야겠다고 생각하고 있지만 그림 그리고 공부하며 살아가는 지금의 생활이 마음에 든다.

　H의 그림은 형체를 그리기보다는 색깔이나 이미지 표현에 집중되어 있다. 꿈을 그림으로 표현해 보며 자신에 대한 이해를 넓혀가고 있다. 공부를 통해 생각이 단단해진다고 느끼기 때문에 꾸준히 해나가고 싶다. 이삼 십 대에는 일은 많고 급여는 적은 사회단체 일을 계속하며 살아갈 수 있을지 불안하고 두려웠다. 사십 대가 되어보니 그

간 잘해냈다는 기특한 마음이 들고 어딜 가도 자기 일을 해내는 사람으로 살아갈 수 있으리라는 자신감이 든다. 다만, 지금처럼 여유 있게 자신을 돌아볼 수 있는 시간을 조금 더 갖고 싶다는 욕심이 있다.

비혼인 H는 두 마리 고양이 루나, 봄봄과 살고 있다. 고양이가 건강했으면 좋겠다고 생각한다. 그러려면 고양이를 돌보는 자신도 건강해야 한다고 생각한다. 사십 대 여성 흡연자에 대해 같은 아파트 사람들은 '애 엄마가 무슨 담배냐?'며 못마땅한 눈길을 보내고 있다. '애 엄마'가 아닌데도 애 엄마로 취급받는 것이 싫고, 담배를 필 때마다 여성의 흡연을 사회가 통제한다는 느낌을 노골적으로 받고 싶지도 않다. H의 바람은 소박하다. 담배 한 대 마음 편히 피며 고양이들과 무탈하게 살고 싶다.

월간 부끄러움

운이 정말 좋았다.

운이 정말 좋았다고 우리는 여러 번 이야기했다. 입장료는

천원이었지만 뭐랄까. 그즈음의 우리에겐 천 원짜리 입장료를 내지 않아도 되는 일보다 운이 좋았던 일이 없었던 것이다.[56]

소설 속 인물들은 낮술을 마신 김에 즉흥적으로 왕릉이 있는 공원으로 산책을 나간다. 그러면서 현금이 없어 입장료를 내지 못하면 어쩌나 걱정한다. 걱정과 달리 무슨 이유에선지 무료 입장일이라 무사히 공원에 들어갈 수 있었다. "운이 정말 좋았다"를 여러 번 이야기하며 기뻐하는 모습은 돈 없는 청년들의 현재 모습과 정서를 단적으로 보여준다. 그 모습이 짠해 보이고 속상하지만, 농담으로 웃어넘기는 모습에서 구질구질한 느낌을 한방에 날려버릴 것 같은 허세와 낙관이 느껴진다.

이주란의 '궁상'맞은 이야기는 한순간에 유머러스하고 사랑스러워진다. "이번 생은 망했어"라고 덤덤하게 말할 수 있는 사람의 무심함과 자부심에서 주눅 들었지만 찌그러지지 않는 당당함이 있다. 내세울 만한 일 없이 청춘의 시간은 흘러가지만, 자신을 돌아보고 다짐하고 서로를 다독인다. 그리고 그들만의 방식으로 '수행'을 계속해 나간다. 그간 너무 쉬운 일이라고 생각해 왔던 미안하고 고맙다는 생각을 '가장 우선으로 여기며' 살고 싶다는 마음을 먹는다.

돈이 없으면 불편을 감수해야 하고 많은 것을 포기해야 하는 세상이다. 그러나 돈이 없다고 아무것도 할 수 없는 것은 아니다. 이주란의 '반전'은 많은 것을 할 수 없어 슬프지만 그 가운데 할 수 있는 것이 있어 행복할 수 있다는 역전적인 사고이다. "처음엔 좀 슬프더라도 마지막은 좋았으면 하는" 바람이 있는 한 누구도 불행하지 않다. 이 바람은 누군가와 함께 뒹굴고 치대고 투덕이며 살아가고 있다는 신뢰 속에서 생기는 희망과 긍정이다.

이주란의 소설에는 '외로워도 슬퍼도' 눈물을 펑펑 흘리는 인물이 넘쳐난다. 그들 곁에는 늘 '썸'을 타거나, 예전에 헤어졌다 다시 만나거나, 오래된 동네 친구이거나, 직장 동료이거나, 오다가다 만나게 된 사람까지 다양한 스펙트럼의 친구들이 있다. "월간 자랑" 모임, "사진 속의 자신에게 말 걸어보기" 모임처럼 다소 낯설고 엉뚱해 보이는 모임도 있다. 이들은 혼자 감당하기 버거운 삶의 무게를 함께 웃고, 떠들며 서로가 있음을 확인함으로써 버텨가기를 희망하는 젊은 여성들의 모임이다.

이주란의 소설을 읽으며 젊은 여성들의 연대가 부러웠다. 남성 중심 사회에서 살아남기 위해 '명예' 남성으로 살아가는 것이 유리할 것이라고 판단한 나는, 요즘 쏟아지는 여성들의 이야기에 익숙하면서도 당황스럽다. 그간 위계적이고 여성 억압적인 질서 바깥이 존재할 수 있다고 생각해 보지 못했다. 때문에, 부당한 일을 당하고 있다는 모욕감조차 느낄 수 없었다. 그보다는 모욕의 당사자가 되지 않기 위해 '연애-결혼-출산-육아'라는 사회적 각본에 나를 맞추었다. 누군가 모욕당하는 순간이 되면 내가 아니라 다행이라는 안도감이 들었다. 이런 안도감이 '수치스럽다'는 것을 최근 느끼고 있다.

담배 한 대 마음대로 피울 수 없고, 남자 상사의 '꼰대' 짓에 대들지 못해 굴욕감이 들었다고 말하는 H. 그와 이야기하며 그 현장에 내가 있었더라도 H를 편들어주지 못했을 거란 생각이 들어 부끄러웠다. 나 살기 바빠서 다른 건 신경 쓸 새도 없었고 모욕과 수치도 모르고 살아온 시간들이 아깝다. 이를 벌충하기 위해 자꾸 H에게 만나자고, 차를 마시자고, 함께 일을 해보자고 말을 걸고 있다.

괜히 잘 모르는 고양이 루나와 봄봄의 안부를 묻는다.

나는 H의 친구가 되어 버거운 시간을 버텨나갈 수 있는 안전한 관계를 만들고 싶다. 우리도 '월간 부끄러움' 모임 같은 걸 해보면 서로에게 의지가 되지 않을까?

별것 아닌 것 같지만,
도움이 되는

원형탈모 **에**

레이먼드 카버의 『대성당』 **을**

처방합니다

"굳이 써야 할까요?"

지난 가을, 정군(닉네임)을 만나러 광화문으로 갔다. 그와
이야기를 마치고 함께 평양냉면을 먹었다. 그 슴슴한 맛을
그다지 좋아하지 않던 나는, 정군이 가자고 한 식당에서
사람들이 왜 평양냉면을 좋아하는지 알게 되었다. 슴슴한
맛 특유의 감칠맛 같은 게 혀끝에서 느껴졌다.

　그와 다음 약속을 잡고 걸어서 덕수궁으로 갔다. 하늘

은 파랗고, 은행잎은 노랗고, 바람은 선선하고. 걷기에 좋은 가을날이었다. 덕수궁의 석조전과 돌담을 거닐며 나는 계속 같은 생각을 했다. "굳이 써야 할까요?"라는 정군의 말을. 정군을 만나러 오며 듣고 싶은 말은 "글이 잘 안 써져요. 어떻게 할까요?"였다.

사십 대 초반의 애 아빠인 정군이 소설을 쓰고 싶어 한다는 얘기를 지인들에게 들었다. 나는 사십 대에도 소설 쓰기를 고민하는 사람을 만나보고 싶었다. 문학 전공자인 내 주변에 이제, 소설 쓰기를 걱정하는 사람은 없다. 이십 대 때 내 주변에는 시와 소설이 안 써진다고 오만상을 찌푸리고 다니는 친구들이 대부분이었다. 이들은 대부분 착실한 직장인으로 살아가고 있다. 교사, 공무원, 학원 강사, 출판사 편집자 등 제 밥벌이는 하는 사람으로 살아가고 있다. 나도 여기에 포함된다. 소설 쓰기를 포기한 인간의 부류에. 그래서 정군을 만나보고 싶었다. 이십 대가 아니라 사십 대에도 소설을 쓰고 싶어 하는 사람의 애로 사항은 무엇인지 들어보고 싶었다. 아이를 키우며 소설을 쓰는 일은 어떤 시너지효과를 가져오는지 궁금했다.

정군은 가뿐하게 말했다. "굳이 써야 할까요?"

오히려 질문이 생겼다. "정군은 왜 쓰려 하지 않을까?" 더 나아가 "정군이 글을 쓰면 좋겠어!"라는 바람까지. 생각해 보면 어처구니없는 욕망이다. 왜 정군이 글을 썼으면 좋겠다고 생각하는 것일까? 내가 뭐라고. 내 글도 못써서 허겁지겁 살면서 무슨 오지랖인가? 혹은 글이 대수인가? 글이 뭐라고 정군이 썼으면 좋겠다고 기대하는 것일까?

덕수궁 돌담길을 돌고 돌며 생각해 보니, 내 욕망이 잘 설명되지 않았다.

정군의 예민함와 단호함

정군은 원형탈모증을 두 번 앓았다고 했다. 처음은 예전에 다니던 출판사 일이 폭주할 때였다. 출판사에서 인문 SNS 와 동영상 강의 서비스를 결합한 신사업을 런칭했다. 함께 일할 사람이 안 구해져서 업무량은 치솟고 스트레스 받는 일이 많았다. 그때 원형탈모증이 왔다. 오랫동안 한의원에서 침을 맞고 한약을 먹어 치료할 수 있었다. 두 번째 원형탈모증은 지금은 네 살인 딸이 태어났던 육아 초기라고 한다(현재 정군은 딸의 주양육자이며, 때때로 아내가 운영하는 출판사 일을 하고 있다). 정군은 스스로를 너무 예민한 사람이라고 평가한다. 질서정연한 생활 패턴과 라이프스타일이 깨질 때 온몸의 감각들이 난리가 났다. 그런데 아이는 이런 부모의 입장을 고려해 주는 존재가 아니다. 잠을 자고 밥을 먹는 일조차 제때 할 수 없는 '초보 아빠' 시절. 그에게 다시 원형탈모증이 왔다. 이때는 한의원에 다니며 장기적으로 치료할 형편이 되지 못해 종합병원에 가서 스테로이드제 치료를 받았다.

늘 잠이 부족했던 시기를 지나, 신경을 곤두서게 했던 갓난쟁이 딸도 이제 네 살이 되어 어린이집에 다니게 되었다. 정군의 아내가 운영하는 출판사도 스테디셀러를 몇 종 가지고 있어 비교적 안정적으로 굴러간다. 시간과 돈에 있어 어느 정도 여유가 생겼다. 또 정군은 예민한 사람답게 만년필, 레코드 등 많은 취미를 섭렵해 왔는데, 가장 오래 지속된 것은 '책 읽기'였다고 했다. 정군과 이야기를 나누는 동안, 내 두뇌 회로는 계속 '정군은 글을 써야 해!'라는 정해진 답을 되뇌고 있었다.

책 읽기를 오래 해온 사람답게 정군은 박학다식하다.

스스로 커리큘럼을 짜서 공부 계획을 세우고, 생각의 리듬이나 감정의 기복에 따라 책을 바꿔가며 읽는 신공을 발휘한다. 그는 달변가이다. 그와 친한 사람들은 그가 얼마나 말을 잘하고 좋아하는지 안다. 말로 싸워온 사람의 내공이 있는 그의 말, 거기에는 어떤 '단호함'이 있다. "굳이 써야 할까요?"라는 말이 '벽'처럼 느껴졌던 건 이런 단호함과 완고함 때문이었다.

그와 두 번째 만났을 때, 우리는 중식당의 원형 테이블에서 세트 메뉴를 먹었다. 작은 접시에 담긴 죽순 샐러드, 청경채 볶음, 게살 스프 같은 음식을 먹으며 어떻게 그에게 말로 '잽'을 날릴 것인가 머릿속으로 계산해 봤지만 빈틈이 보이지 않았다.

"정군에겐 명확하지 않은 책을 골라줘야 해. 그림책 같은 거! 그래야 다르게 생각해 보지."

나와 정군의 식사에 합석했던 청량리(닉네임)의 말이다. 자기 생각이 뚜렷한 정군에게 틈을 만들려면 독해하기 힘든, '명료하지 않은' 책이 좋겠다는 생각이 퍼뜩 들었다. 확실히 청량리는 나보다 정군을 잘 아는 '절친'이었다. 이러한 착상뿐 뚜렷한 성과 없이 두 번째 만남을 마치며 내 입에서 나온 소리는 고작 이거였다.

"다음엔 뭘 먹을까?"

무심하게 애틋한

그러나 정군과의 세 번째 만남은 이루어지지 않았다. 이후
갑자기 급한 일이 생겨 처리하느라 눈코 뜰 새 없이 바쁘
게 두 달이 흘러갔다. 회의를 하고, 일정을 점검하고, 협력
해야 하는 사람들에게 빠짐없이 연락을 하고, 매일 '카톡'
으로 업무를 처리하느라 정군의 글쓰기를 생각할 짬이 없
었다. 처음 2주 정도는 새로운 일이 가져다주는 활력과 긴
장으로 약간 들뜬 상태였다. 그러나 그 후 활력은 사라졌
고, 긴장은 피로가 되었다. '언제 끝나나?'와 '별 문제없이
끝나야 한다!'는 두 가지 생각만 머릿속을 채우고 있었다.
그리고 빈 공간이 있다면 '쉬고 싶다!'는 느낌 정도.

그는 불을 피우지만, 그때 또 일이 생기기 시작한다. 나뭇
가지 위에 쌓여 있던 눈이 그 위로 떨어진다. 불은 꺼진다.

그러는 동안 날은 더욱 추워진다. 밤이 다가오고 있다.

나는 주머니에서 동전을 꺼낸다. 아내에게 먼저 걸어볼 작정이다. 만약 전화를 받는다면 해피 뉴이어라고 말할 것이다. 하지만 그게 전부다. 일을 만들고 싶지는 않다. 목소리를 높이지도 않을 것이다. 그녀가 먼저 시작한다고 하더라도. 그녀는 내가 어디에서 전화를 거는지 물어볼 테고 나는 말해야만 할 것이다. 새해의 결심들에 대해서는 한마디로 하지 않을 것이다. 이런 상황에서 농담할 수 있는 방법은 전혀 없다. 그녀와 통화한 뒤, 나는 여자 친구에게 전화를 걸 것이다. 어쩌면 그녀에게 먼저 전화할지도 모르겠다. 나로서는 그녀의 아들이 전화를 받지 않기만을 바랄 뿐이다. "여보세요, 자기야?" 그녀가 전화를 받으면 그렇게 말하리라. "나야."[57]

급한 일이 마무리될 즈음, 정군이 좋아한다는 레이먼드 카버의 소설책을 읽기 시작했다(레이먼드 카버뿐 아니라 정군은 여러 권의 책을 내게 추천했다. 그러니까 이번 편은 정군의 셀프 문학처방전이다). 일이 끝나면 다시 공부든 일이든 예전의 루틴으로 돌아가야 하는데 그게 쉽지 않아 아무것도 손에 잡히지 않았다. 마음이 어수선해 읽기 시작한 소설 책인데 어느 순간, 건조하고 간결한 문장 속으로 빠져들고 있었다. 나는 빠르게 소설 속 인물에게 감정 이입되었다.

그들은 대개 피로하거나 막막한 상태이다. 실업, 이혼, 알코올중독 등 인생의 막다른 길에 놓여 있다. 그들에겐 주어진 선택지도 거의 남아 있지 않다. 앞에 인용된 「내가 전화를 거는 곳」의 주인공은 그의 인생에서 두 번째로 금주 센터에 입소했다. 알코올중독으로 아내와 이혼했고, 이혼 전에 이미 한 번 금주 센터에 왔던 적이 있다. 그 후 여자 친구와 살림을 합쳤다. 여자 친구 또한 형편이 좋지 않다. 그녀에게는 '질풍노도의 시기'를 보내는 사춘기 아들이 있고, 최근 자궁경부암 진단을 받았다. 다시 금주 결심을 하고 금주 센터에 입소하러 가는 길에도 두 사람은 만취가 되어 음주 운전을 했다.

지금 그는 여자 친구가 걱정스럽다. 집에 혼자 있는 아들 때문에 도착하자마자 바로 음주 운전을 해서 돌아간 여자 친구의 안위가 걱정스럽고, 자궁경부암 경과도 걱정스럽다. 전화를 걸었을 때 퉁명스러운 그녀의 아들이 전화를 받을까 걱정스럽고, 그 아들의 입에서 어머니에 대한

안 좋은 소식을 전해 듣게 될까 두렵다. 그녀에게 안 좋은
일이 일어난다 해도 이혼과 알코올중독 경력밖에 없는 그
가 줄 수 있는 도움은 없다. 그럼에도 불구하고 전화를 걸
고 싶다. 그는 새해 인사로 신년의 결심을 이야기할 수 없
을 만큼 신뢰받지 못하는 삶을 살아왔다. 하지만 지금 그
녀에게 전화해 안부를 묻고 싶다. 자신에게 주어질 행운을
모두 모아 그녀의 안녕을 확인하고 싶다.

　앞으로 살아갈 날이 막막한, 순탄하지만은 않으리라 예
상되는 이 사람의 안부 전화 한 통이 피로한 내 마음에 위
로가 되었다. '인생 별거 있나?' 싶다가도, 그렇게 단정 지
으려는 마음을 머뭇거리게 하는 파편들이 소설 곳곳에 자
리하고 있다. 그날이 그날인 나날을 한순간에 반짝이게
하는 조각들을 레이먼드 카버는 무심한 듯 쓰윽 꺼내 보여
준다. 그 무심한 듯 애틋한 문장에 자주 '울컥'하는 심정이
되었다. 소설 속 인물의 말이나 행동 때문이었지만, 사실은
별 볼 일 없는 내 인생을 위로하기 위해서였다. 별 볼 일 없
지만 그래도 살아봐야지 하는 '용기'와, 써놓고 보면 유치해
서 바로 지워버리고 싶은 '희망'을, 레이먼드 카버는 실업자
와 이혼남과 알코올중독자의 입을 빌려 말하고 있다.

'별것 아닌 것 같지만, 도움이 되는'

나는 왜 정군이 글을 썼으면 좋겠다고 생각했을까? 이건 만화를 전공한 작은딸이 돈이 되든 안 되든 계속해서 만화를 그렸으면 하는 마음과도 같다. 딸은 크레파스로 벽에 낙서를 하기 시작한 이후로 지금까지 줄곧 그리고 있다. 물론 그 그림에 스스로 만족하지 않는다. 딸의 시간은 대부분 만화를 그리거나, 보거나, 그리는 데 도움이 된다는 명분으로 영화를 보는 일로 채워졌다. 거기서 쌓인 스트레스를 해소하기 위해 음악을 들으며 보낸 시간도 꽤 된다. 돈이 되든 안 되든 만화는 작은딸의 인생을 굴러가게 하는 중심축이다.

계속해서 책을 읽는 정군에게서 그의 '글'에 대한 매혹을 느낀다. "굳이 써야 할까?"라는 말 속에 들어 있는 '높은 기대치'를 읽어낼 수 있다. 그러니까 그의 말은 "좋은 글이 아니라면 굳이 써야 할까?"이다. "좋은 글이 아니라면 쓰고 싶지 않다"는 의지이기도 하고 "좋은 글을 쓰지 못할까 두렵다"라는 조심스러움이기도 하다. 그래서 그는 "읽는 걸로도 충분히 즐겁다!"라고 단념하고 있다. 그런데 정말 충분할까? 정군은 자신의 욕망을 확신할 수 있을까? 나는 정군이 '좋은 글'이라는 기대치를 낮추고 글을 쓰는 사람이 되면 좋겠다. 좋은 글이든 안 좋은 글이든 글을 쓰는 인생과 그렇지 않은 인생은 완전히 다르다. 이건 '글'이 특별하다는 의미가 아니다. 달리기 선수와 가수가 가는 길이 다르듯 글을 쓰는 인생과 그렇지 않은 인생은 다르다. 나는 정군이 글을 쓰는 인생의 길을 미루지 말고 갔으면 한다.

레이먼드 카버의 소설집 『대성당』에서 인물들은 계속해서 무언가를 먹고, 티브이를 보고, 담배를 피우고, 이야기를 나눈다. 별거 아닌 것 같지만 이 사소한 행동과 오고 가는 말 속에 그날이 그날 같은 일상을 살아가게 하는 힘이 나온다.

그들은 롤빵을 먹고 커피를 마셨다. 앤은 갑자기 허기를 느꼈는데, 그 롤빵은 따뜻하고 달콤했다. 그녀는 롤빵을 세 개나 먹어 빵집 주인을 기쁘게 했다. 그리고 그가 이야기하기 시작했다. 그들은 신경 써서 귀를 기울였다. 그들은 지치고 비통했으나, 빵집 주인이 하고 싶어하는 말에 귀를 기울였다. 빵집 주인이 외로움에 대해서, 중년을 지나면서 자신에게 찾아온 의심과 한계에 대해서 말하기 시작할 때부터 그들은 고개를 끄덕였다. 그는 그들에게 그런 시절을 아이 없이 보내는 일이 어떤 것인지 말했다. 매일 오븐을 가득 채웠다가 다시 비워내는 일을 반복하면서 보내는 일이 어떤 것인지, 그가 만들고 또 만들었던 파티 음식, 축하 케이크들. 손가락이 푹 잠길 만큼의 당의(糖衣). 케이크에 세워두는 작은 신혼부부 인형들. 몇백, 아니, 지금까지 몇천에 달할 것들. 생일들. 그 많은 촛불들이 타오르는 것을 상상해보라.[58]

하루아침에 자식의 죽음을 맞이한 부부에게 빵집 주인은 자신이 만든 빵을 내어준다. 부부가 겪은 고통은 그들이 먹는 빵의 맛도 느끼지 못하게 할 것이다. 부부에게 닥친 재난은, 빵집 주인의 빵 굽는 이야기쯤은 귀에 들어오지도 않게 할 것이다. 그럼에도 불구하고 부부는 '신경 써서' 빵집 주인의 이야기를 듣는다. 그것 말고 할 수 있는 일이 지금 아무것도 없기 때문이다. 부부는 '신경 써서' 주의 깊게 빵집 주인의 이야기를 듣는다. 그럴 때 들려오는 말이 있지 않을까? 이제껏 보지 못한 것을 새롭게 보게 되지 않을까? 명확했던 것들이 경계를 허물게 되지 않을까? "좋은 글이 아니라면 굳이 써야 할까?"라는 정군의 조심스러움과 엄격함을 무너지게 하는 말 같은 것. '좋은 글'이라는 평가를 생각하지 않고 '쓰고 싶다'는 자신의 욕망을 먼저 떠올리게 하는 말 같은 것 말이다.

정군과 세 번째 식사를 해봐야겠다. 정군이 요즘 읽고 있는 책에 대한 감상과 내가 바쁘게 보낸 두 달 동안 정군에게 무슨 일이 있었는지 들어봐야겠다. 그 사이 정군의 딸이 폐렴으로 응급실에 다녀왔다는 소식을 들었다. 아이들은 부모를 놀라게 하며 큰다. 물론 우리는 정군이 좋아하는 레이먼드 카버의 문장에 대해서도 한동안 떠들어댈 것이다. 아무렇지 않은 듯 평범해 보이는 문장이지만 레이먼드 카버는 두세 개의 의미를 한 문장에 겹쳐 놓는다. 그래서 허투루 쓰는 문장이 거의 없다는 사실을 독자가 깨닫게 하고, 소름 돋게 만든다. 그리고 고장난 주크박스처럼 반복해서 "정군이 글을 썼으면 좋겠어!"라는 나의 바람을 이야기해 봐야겠다.

그런데 무얼 먹으면 좋을까?

너는 여행을
떠나게 될 거야

수면장애 **에**

배수아의 「어느 하루가 다르다면, 그것은 왜일까」 **를**

처방합니다

잠 못 드는 밤, 우울함과 초조함

하루가 저물고 건물 유리창으로 사무실 불빛들이 보일 때, 귀갓길에 불 켜진 아파트 단지를 바라볼 때 무수한 칸 속에서 움직이는 사람들을 관찰한다. 마치 수족관의 열대어를 바라보듯이. 거기엔 내가 전혀 알 수 없는 일을 하고 있는 낯선 익명의 사람들과 나와 같은 일을 하고 있는 익숙한 익명의 사람들이 있다. 나는 그들을 모르지만 알 것도 같다. 거기엔 내 과거와 현재와 미래가 있다. 거기서 어제의 나와, 오늘의 나와, 내일의 나가 동시에 자라고 으스대고, 나이 들고, 추레해지는 '생로병사'의 파노라마가 펼쳐진다. 어제의 나와 오늘의 나는 다를까? 어제의 하루와 오늘의 하루는 다를까?

배수아의 중편소설 「어느 하루가 다르다면, 그것은 왜일까」는 "어느 하루가 다른 하루들과 다르다면, 그 이유는 무엇일까, 혹은 수많은 하루들과 조금도 다르지 않다면, 그것은 또 왜일까?"라는 철학적인 질문으로 시작한다. 이 소설은 배수아의 소설답게 실험적이고, 철학적이고, 우화적이고, 시적이다. 한마디로 말해서 하나의 스토리로 뀁 수 없는 소설이다. 수면장애를 호소하는 대학원생 경진을 만나고 나서 그녀가 좋아한다는 배수아의 소설을 세권 읽었다. 그 가운데 예전에 읽었던 책도 있고 내가 모르는 사이 출간된 책도 있다. 그러니까 나는 배수아의 소설을 그렇게 좋아하지 않았다는 말이다. 아마도 "이게 도대체 무슨 말이야?"라고 물음표를 남발하다 독서를 포기해버렸던 것 같다.

대학원 마지막 학기를 앞두고 있는 경진은 이번 여름방

학 동안 석사논문을 거의 완성해서, 2학기가 시작되면 이어질 논문 발표와 심사를 차질 없이 마칠 계획이다. 동시에 취업 준비도 병행하고 있다. 휴일에는 공인 영어 점수를 따기 위해 시험을 보러 다니고, 직무 테스트와 면접도 틈틈이 준비하고 있다.

얼핏 보기에 과중해 보이는 이 일들이 수면장애의 원인은 아니다. 바쁜 하루 일과를 마치고도 경진을 잠 못 들게 하는 것은 자신의 선택에 대한 불만족이다. 부모님은 경진의 진로에 대해 박사과정에 진학하는 것도, 취업하는 것도, 혹은 결혼을 선택하는 것에도 반대 의견이 없다. 중산층 가정의 맏딸인 경진에게는 운 좋게도 선택지가 많다. 경진을 잠 못 들게 하는 괴로움은 자신에게 주어진 선택지가 모두 매력적으로 느껴지지 않는다는 점이다.

스스로도 이런 불만족이 누군가에게는 '배부른 소리'처럼 들린다는 것을 알기에 괴롭다. 너무 생각이 많아 피곤하고, 너무 예민하게 반응하는 몸이 고달프다. 학문의 길을 간다고 해도 할 수 있는 일이 많아 보이지 않고, 취업해서 돈을 번다고 해도 독립적인 성인이 된다는 느낌이 들지 않는다. 이 미친 세상에서 그렇게 열심히 살아야 할 이유를 찾을 수 없다. 경진의 이런 생각 회로가 작동하게 되면 가슴이 쿵쾅쿵쾅 뛰고 날밤을 새게 된다. 그러다 아침에 잠깐 눈을 붙이고 또 하루를 시작한다.

'경진의 예민함은 어떻게 해야 빛이 날 수 있을까?' 그를 만나고 나서 든 생각이다. 이 질문을 가지고 배수아의 소설을 읽었다. 배수아가 만든 여성 인물들은 독특한 욕망을 가지고 있다. 도발적이고 발칙하며 영리하고 예측불허이다. 그 가운데 눈에 들어온 특징은 주체성이다. 그녀들은 자신의 독특한 욕망을 포기하거나 우회하기보다 실현 가능한 자신만의 방법을 찾아간다.

「어느 하루가 다르다면, 그것은 왜일까」의 '김씨의 부인'은 세 개의 도시에 있는 세 개의 방을 갖고 싶어 한다. 하나는 서울, 하나는 신혼여행을 갔던 상하이, 마지막 하나는 거기가 어디인지 자신도 알지 못하는 도시이다. 이것은 어떻게 가능할까? 그녀는 세 개의 도시에 있는 세 개의 방을 상상한다. 그녀에게는 세 개의 풍경이 동시에 펼쳐지기도 하고 순차적으로 풍경이 바뀌기도 한다. 세 도시의 그녀는 각기 다른 신분증과 이름을 갖고 다른 언어를 쓰지만, 서로 다르면서 같은 하루가 펼쳐진다.

세 개의 도시에 있는 세 개의 방은 연극무대처럼 우리가 살아가는 세계의 메타포이다. 각기 다른 신분증과 다른 이름과 다른 언어를 쓰는 그녀의 모습은 우리에게 생애 주기별로 주어진 역할이나 직업을 비유한다. 때와 장소에 따라 가면을 바꿔 쓰며, 그날이 그날 같은 반복적인 하루를 살아갈 수도, 어느 날과는 다른 하루를 살아갈 수도 있다. 경진이 잠 못 드는 괴로움은 이런 게 아닐까? 그렇고 그런 반복을 하는 어른이 될 것 같은 우울함. 또는 커리어우먼, 주목받는 학자, 자유로운 예술가, 신념 있는 사회운동가 같은 '전형'적인 어른은 되고 싶지 않은 조급한 초조함. 나는 경진이 우울함보다는 조급한 초조함을 선택했으면 좋겠다.

어느 하루가 다르다면, 그것은 왜일까

[역무원인_인용자] 그는 말했다. 김씨의 부인이 '반시간 정도' 기다리고 있다가 기차를 타면 된다고. 플랫폼에 걸린 기차 시간표에도 그렇게 나와 있었다. 그러나 만일 기차가

연착을 한다면? 김씨의 부인이 원래 타고 왔던 기차도 예정시간보다 십오 분이나 늦게 바로 전 역에 도착했던 것이다. 그래서 약속된 '반시간 정도' 후에 김씨의 부인이 타야 할 기차가 아니라 전혀 엉뚱한 기차가 플랫폼에 도착한다면 어떻게 그걸 알 수 있단 말인가. (중략) 만일 오늘의 마지막 기차가 될 그것을 놓치기라도 한다면? 아니, 그러다가 잘못된 기차에 올라타고 아주 다른 곳으로 가버리기라도 한다면?[59]

한때 김씨의 부인이 집을 뛰쳐나올 정도로 사랑에 빠졌던 거리의 예술가는 시간이 꽤 흐른 다음 편지를 보낸다. 자신이 부인과 헤어졌으며 지금 어디에서 공연하는지 알리는 편지이다. 거리의 예술가를 찾아가는 그녀의 마음은 초조하다. 거리 예술가의 공연은 일정이 있기 때문에 때에 맞춰 찾아가지 못하면 못 만날 수도 있다. 그뿐 아니라 그녀의 마음이 자신에게서 멀어졌다고 판단하고 영영 떠나버릴지도 모른다. 김씨의 부인은 정신을 차리고 잘 찾아가고 싶지만 난데없는 오류와 실수로 제 시간에 그곳에 도착하지 못할 것 같아 불안하다. 이런 상황에서 긴장감이 최고조에 오르면 이런 상황 자체를 없애고 싶은 마음에 강렬하게 사로잡힌다. 무엇이 나를 이런 긴장에 몰아넣었는지 원망하게 된다. 그냥 모두 그만두고 싶어진다.

나 또한 이런 긴장감을 극복하지 못하고 제풀에 지쳐 중도 포기한 경우가 무수히 많았다. 그 후에는 권태가 찾아왔다. 무수한 하루들 가운데 '어느 하루가 다르다면', 그건 이런 긴장감에 굴복당하지 않고 어떤 선택을 하고 그 길로 나아간 하루일 것이다. 무거운 가방을 들고 플랫폼에서 우왕좌왕 당황하는 그녀의 초조함을 읽으며 초 단위로 조여오는 긴장과 불안을 체험했다. 조금 속이 쓰렸다. 내가 놓쳐버린 선택들이 밤하늘의 별처럼 눈에 밟혀서.

두려움에 대항한 나의 선택은 항상 적절한 것이었을까요? 그리고 당신의 선택은? 유감스럽게도 나는 당신에게 그것을 미리 가르쳐주지 못합니다. 나는 당신의 선생이 아니에요…… 그리고 당신이 누군가를 배우고자 한다면, 적어도 그것은 나를 포함한 누군가의 입에서 나오는 경구를 통해서는 아니어야 하겠죠. 그러나 그런 두려움이 우리의 길을 막아설 것이라는 점만은 분명해 보이므로, 나는 두

려움에 대해서, 두렵지만 계속해서 얘기할 수밖에 없습니다.[60]

위 인용문은 김씨의 부인이 사랑한 거리의 예술가가 공연에서 낭독하는 글이다. 이 부분을 읽으며 그냥 '시적'이라고 말해버리기에는 아쉬운 의미의 공백을 느꼈다. 이 부분은 시라기보다는 친애하는 누군가가 꼭 읽어주었으면 하는 마음으로 쓴 편지에 가깝다. 그래서 이 편지를 읽고 나면 "정말로 두려운 것은, 우리가 그런 두려움 때문에 아무것도 시도해 보지 못한 채로 그대로 멈추어버리고 말지도 모른다는 불안한 가능성"을 몸서리치게 각인시키게 된다. 여러 선택 가운데 갈등하고 있는 경진을 보면 드는 초조함도 이런 것이다. 경진이 어느 것도 시도해 보지 않고 제풀에 지쳐버리는 일은 없었으면 하는 바람이다.

너는 여행을 떠나게 될 거야

2년 전 겨울방학에 나는 경진과 함께 6주 동안 철학 강좌를 들었다. 그때 내 나이는 경진의 거의 두 배였다. 이렇게 나이 차이가 나는데도 경진은 매주 예의 바르고 스스럼없이 인사를 하고 말을 걸었다. 보통 젊은이들은 나처럼 나이 많은 여자에게 관심이 없거나 불편하게 느낄 거라 생각하고 있었는데 경진은 그렇지 않았다.

올 여름에도 경진과 두 번 만나 꽤 오랜 시간 이야기를 나눴다. 수면장애에 도움이 될 만한 이야기를 해줘야 하는데 떠오르는 대로 이런저런 이야기를 마구 떠들어댔다. 경진과 이야기할 때는 마음이 편하다. "그쵸, 그쵸" 또는 "맞아요, 맞아요"라고 격하게 공감을 해준다. 이야기하는 사람이 눈치 보지 않고 마음껏 떠들 수 있는 분위기를 만들어준다. 이런 배려도 경진이 쉽게 잠 못 드는 이유 가운데 하나라고 생각한다. 경진은 너무 많은 사람들을 생각하고 배려하느라 신경이 곤두서 있을 수 있다.

경진은 눈물도 많다. 그녀는 감정이입이 잘 되고 공감력도 높다. 친구들의 이야기를 듣다가, 책을 읽다가 수도 없이 눈물을 흘린다. 그러나 이제는 좀 덜 울려고 한다. 마음이 힘들어서 감당하기 어렵기 때문이란다. 눈물로 해결되는 일은 얼마 되지 않는다. 우리가 무언가에 눈물을 흘렸다면 그 이후에 대해서도 함께 마음을 도모할 채비를 해야 한다. 그래서 종종 눈물을 참고 자신의 마음을 '단도리' 한다.

경진은 최근에 테니스를 시작했다. 운동을 하니 확실히 수면에 도움이 된다고 한다. '덜 울고 운동하기', 경진은 스스로 수면장애에 대한 해법을 찾아낸 것 같다. 여기에 배수아라는 '지도'를 추가하고 싶다.

배수아는 1993년 등단 이래로 지금까지 스물여덟 권에 달하는 장편소설, 소설집, 산문집, 시집을 출간했다. 프란츠 카프카, 페르난두 페소아, W.G. 제발트, 로베르트 발저 등 자신이 사랑하는 외국작가의 작품을 다수 번역했다. 한국과 독일을 오가며 소설가와 번역가로 살아가고 있는 배수아는 자신만의 모험을 계속하고 있다. 이번에 배수아의 작품 목록을 일별하며 새삼 놀랐다. 90년대 말, 『푸른 사과가 놓인 국도』의 배수아에게 붙었던 수식어인 '불온하고 불순한 이미지' '지리멸렬하고 환멸적인 이야기' '극단적 이단성' 등은 당대의 문학적 풍토를 대변하는 측면이 있었다. 90년대 말은 거대 담론이 왜소해지고, 버블 경제 시대의 미시서사가 꽃피던 시기였다. 2000년대 초, 『에세이스트의 책상』과 『독학자』의 배수아는 트렌드에서 벗어나 은둔하는 수행자처럼 언어에 엄격해졌다. 그 이후 나는 배수아의 책을 읽지 않았다. 이해할 수 없는 세계를 이야기한다고 생각했다. 서사가 기반이 되는 소설은 이런 방식으로 계속될 수 없다고 판단했다.

그러나 배수아는 나의 '안목 없음'을 여실히 입증하며 여전히 자신만의 스타일로 월경越境하는 글쓰기를 계속하고 있다. 그녀야말로 자신의 독특한 욕망을 포기하지 않는 자신의 소설 속 여성 인물들의 표본과 같다.

나는 그 가방을 나 자신만큼이나 잘 알고 있었다. 할머니는 여행을 떠나기 전 가방을 싸는 일을 내게 맡겼고, 여행을 떠나는 날은 내가 직접 플랫폼까지 가방을 들고 갔기 때문이다. 할머니는 자주 여행을 떠났고, 한번 여행을 떠나면 한두 달은 돌아오지 않았다. 할머니가 돌아오면 나는 다시 가방을 풀어야 했다. 돌아온 할머니의 가방 안에서는 항상 특유의 묘한 냄새가 났는데, 나는 그것을 내가 모르는 나라의 냄새라고 생각했다. 고요히 발광하는, 오묘하고 경사진 달의 영토가 그 안에 있었다.[61]

배수아의 여성 인물들은 무거운 가방을 들고 여행을 떠난다. 최근작 『뱀과 물』에서 그녀들의 여행은 더 경계를 붕괴시킨다. 현실과 꿈, 마법과 노래, 소녀와 노인, 삶과 죽음이 공존하고 서로의 경계를 침범하는 모험을 통해 비밀스러운 결속과 특이한 성장을 보여준다. 그녀들은 낯선 곳에 이르기 위해 눈이 멀기도 하고 선로의 침목 사이에 눕기도 한다. 배수아는 검은 두건을 쓴 마술사처럼 흑마술을 보여준다. 거기엔 잔혹스러운 이미지 때문에 눈을 뗄 수 없는 쾌락이 있고 미美와 추醜의 경계가 허물어지면서 드러나는 미지의 감각이 있다.

경진이 박사과정에 진학하든, 대기업에 취업하든, 시민단체의 활동가가 되든, 나는 어떤 선택이든 응원할 작정이다. 대신 생각 많고 예민한 경진의 취향이 무뎌지지 않는 선택이 되길 바란다. 진학이든 취업이든 경진의 취향을 취사선택할 수는 없다. 배수아라는 선례가 보여준 것처럼 자신의 취향을 포기하지 않고 밀고 나가는 모험을 기대한다. 그것은 정상·비정상, 옳고·그름, 미·추의 상식적인 판단에서 이탈하는 길일 것이다. 배수아의 소설은 유혹적으로 말한다. "너는 여행을 떠나게 될 거야"라고. 앞으로도 배수아의 인물들은 무거운 가방을 들고 우리 앞을 지나갈 것이다.

경진의 가방에는 어떤 물건이 들어 있을지 궁금하다. 거기엔 고양이가 들어 있을 것 같다. 술과 담배, 내가 알지 못하는 경진의 취향 가득한 물건이 빈 공간을 채울 것이다. 여행을 하며 가방의 물건들은 위치를 바꿔갈 것이고, 어떤 새로운 물건이 그곳에 들어가 있을지 또 궁금해진다. 그러니 한숨 푹 자고 여행을 떠나자.

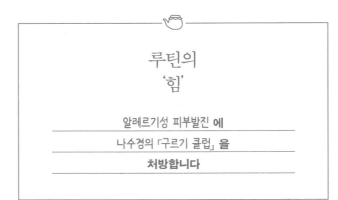

루틴의
'힘'

알레르기성 피부발진 에

나수경의 「구르기 클럽」 을

처방합니다

바닥을 칠 때, 알레르기가 찾아왔다

알레르기성 피부발진에 대한 처방을 의뢰한 '루틴'(닉네임)
은 6년차 직장인으로, 식물학 박사이고 관련 업체에 근무
하고 있다. 루틴은 삼십 대 후반의 싱글이며 회사에서 도
보로 30분 거리에 있는 투룸에 살고 있다. 아침 6시쯤 일
어나 식사를 준비하고 걸어서 출근한다. 예전에는 회사 건
물의 음식점에서 저녁 식사까지 마치고 귀가했다. 그러나

자극적인 음식이 몸에 좋지 않은 것 같아 최근에는 집에서 저녁밥을 지어 먹는다고 한다. 퇴근 후 밥상을 차리고 치우고 정리하다 보면, 노곤함이 밀려와 일찍 잠자리에 든다. 현재 루틴은 안정된 직장이 있고, 일찍 자고 일찍 일어나는 일상생활이 가능한 비교적 '건강한' 직장인이다. 루틴의 라이프스타일은 커리어 면에서나 워라밸 면에서 나쁘지 않다.

　그러나 학위를 마치고 처음 직장생활을 시작했을 때는 지금과 달랐다. 1년차 직장인의 연봉은 높지 않았고 학위를 따느라 보내는 기간 동안 모아둔 돈도 없어 집을 구하는 일부터 쉽지 않았다. 부동산 중개인과 함께 형편에 맞는 집(혹은 방?)을 보러 돌아다닐 때, 루틴의 눈에는 일찍 결혼해서 평수를 늘려가고 인테리어를 바꿔가는 친구들의 아파트가 아른거렸다. 학교에 있는 동안에는 개인 공간으로 기숙사 방이면 충분했고, 일이 안 풀릴 때는 옆방 친구들과 고민 상담하며 동료 의식과 연대감을 느낄 수 있었다. 그런데 학교 기숙사의 인프라와 커뮤니티가 빠지자, 현실은 박봉의 1인 가구였다. 결혼한 친구들은 각자 나이에 맞게 인생의 규모를 키워가는(남편이든 자식이든 아파트 평수든) 상향곡선을 그리는데, 자신만 하향곡선을 타고 있는 것 같아 조바심이 났다. '아! 나도 빨리 결혼해야 되는데⋯.'

어릴 때 아토피를 앓았다는 루틴은 스트레스를 받을 때 알레르기성 피부발진이 더 심해졌다. 학위를 따기 위해 이십 대 대부분의 시간을 보내야 했을 때도, 사회 초년생 시절 직장생활의 막막함을 느낄 때도, 루게릭으로 어머니가 돌아가셨을 때도 그러했다. 알레르기성 피부발진은 특히 삼십 대 초반의 루틴에게 혹독하게 기승을 부렸다. 피부과약은 독해서 먹고 나면 정신이 혼미해지고 잠이 쏟아졌다. 약을 꼬박꼬박 먹는다고 상태가 호전되는 것도 아니고, 피부발진은 제멋대로 오르락내리락했다. 그 흔적으로 루틴의 손가락 사이사이에 껍질이 벗겨지고 다시 돋아난 우툴두툴한 자국이 꺼끌꺼끌하게 만져졌다.

요즘 루틴은 예전만큼 알레르기성 피부발진으로 고생하지 않는다. 심해질 기미가 보이면 미리 스테로이드제를 발라 초기에 진화하고 컨디션을 조절하려 노력한다. 직접 밥을 해먹게 되면서 잡곡 위주로 밥을 하고, 반찬도 맵고 짜지 않게 간을 맞추니 몸 상태가 좋아지는 느낌이 든다.

걸어서 출퇴근하기 때문에 운동도 규칙적으로 하는 편이다. 2년 전부터 시작한 인문학 공부로 틈틈이 책도 읽어야 한다. 공부를 하다 보니 요즘은 결혼에 대한 걱정이 줄어들었다.

그러고 보니 자신이 결혼 상대자에 대한 '이상형'도 없이 '가족을 만들어야 한다'는 강박에 사로잡혀 있었다는 것을 알게 되었다고 멋쩍어했다. 마치 수능을 치르듯 결혼도 해치워야 할 것으로 생각하고 있었다는 말이다. 나는 루틴과 이야기하며 언젠가 결혼하지 않은 친구에게서 비슷한 이야기를 들은 기억이 났다. 그런데 왜 하필 '시험'일까? 우리의 무의식 혹은 고정관념이 결혼을 피하고 싶으나 피할 수 없는 절대적인 것으로 생각하고 있나 보다. 최근에는 원하지 않는 시험은 보지 않겠다는 사람들이 늘어가고 있고 루틴도 그러한 입장이다. 비혼이 하나의 선택지로 자리 잡아 가는 중이다.

나는 루틴의 이야기를 들으며 그가 왜 루틴이라는 닉네임을 정했는지 이해할 수 있었다. 삼십 대 비혼 여성이 주류의 라이프스타일과 다른 삶을 살기 위해 필요한 것은 관행적으로 요구되는 스케줄과는 다른 것, 자신의 루틴을 만들어가는 일이다. 결혼을 한 대부분의 사람들은 별다른 고민 없이 컨베이어벨트에 올라 출산과 육아의 루틴을 살아간다. 자식을 낳지 않는다면 집 장만과 노후 대비의 루틴이 플랜 B로 준비되어 있다. 적어도 이십 대에 결혼을 해서 자식 둘을 낳고 기른 나는 그런 관행적인 루틴에 따라 살았다. 그래서 자신만의 루틴을 만들어가기 위해 시간표를 새로 짜는 그가 부러웠다. 이런저런 계획을 말하는 그의 목소리는 들떠 있었고 설렘을 숨길 수 없었다(아! 나도 진작 생각을 좀 했어야 했다!).

알레르기성 피부발진에 대해서도 루틴은 자신만의 방식으로 적절한 처방을 해오고 있다. 내가 할 일은 루틴을 위한 '응원' 정도. 나는 열심히 루틴을 위한 응원과 지지의 말을 찾기 위해 눈에 불을 켜고 작품들을 뒤적였다. 그런데 이럴 수가! 문학작품에 고통과 우울의 말은 넘쳤고, 응원과 지지의 말은 드물었다. 어떡하지? 난감했다.

바닥이 나를 밀어주는 것 같아, 「구르기 클럽」

언덕에서 구르다가 가로등에 부딪혀 다리에 금이 간 현경 씨는 구급차에서 내 손목을 붙잡고 말했다. 슬기씨…… 제가 살게요. 맛있는 거.

(중략)

칠백집이라고 삼겹살집이 있는데, 맵게 무친 콩나물이랑 단호박 양파 버섯을 삼겹살이랑 같이 구워줘요. 알바생이 테이블 옆에 서서 정성껏 고기를 뒤집고 적당한 크기로 잘라주면 우리는 그냥 먹기만 하면 돼요. 삼겹살을 다 먹 으면 오징어볶음이랑 볶음밥도 주는데……

슬기씨……

네.

나 고기 안 먹어요.[62]

「구르기 클럽」은 최근 읽은 소설 가운데 가장 가슴이 아리면서도 시시때때로 웃음이 터지는 것을 막을 수 없 는 독특한 작품이다. 생각 없이 웃다 보면 어느샌가 가슴 이 뭉클해지는 가히 시트콤스러운 작품이다. 〈순풍산부인과〉, 〈웬만해선 그들을 말릴 수 없다〉, 〈거침없이 하이킥〉 등 인기리에 방송되었던 시트콤들은 단지 웃기기만 한 게 아니었다. 알 수 없는 고집을 부리는 캐릭터나 그런 캐릭터들이 만들어가는 '꼬이고 꼬이는' 에피소드 속에서 인생의 '희비극'이 반짝 빛난다. 유쾌함과 짠함과 뭉클함, 이 삼박자가 맞아 떨어질 때 시청자는 똥고집을 부리는 캐릭터들의 과장된 이야기에 몰입하고 공감한다.

아리스토텔레스가 『시학』에서 말했듯, 카타르시스라는 것은 인과관계에 대한 추론과, 인물과 자신을 같은 입장에 두고 생각할 수 있는 상상력이 있어야 가능하다. '아! 어떻게 이 사람에게 저런 일이 일어났을까?' '이런 고통을 당할 사람이 아닌데….' '만약 나에게 저런 일이 일어난다면?' 이런 사유와 공감의 과정을 통해 같이 울고 웃는다. 더 나아가 저런 일이 일어나서는 안 된다는 분노의 감정으로 두 주먹을 불끈 쥔다. 감정과 윤리의 문제를 연결하는 연구자 마사 누스바움은 이를 '시적詩的 정의'라고 부른다. 공감과 상상력 없이 정의를 말할 수 없다는 의미이다.

여기 언덕에서 구르다 가로등에 부딪쳐 다리에 금이 간 사람이 있다. 어떻게 해야 할까? 누군가의 도움을 받아 빨리 병원으로 가야 한다. 그런데 구급차를 타고 가는 사람들이 나누는 대화가 삼겹살과 칼국수 가운데 무얼 먹을까 고민하는 내용이라면 실소를 금할 수 없다. 다리를 다친 사람은 자신 때문에 귀찮은 일을 해야 하는 사람에게 미안한 마음이 들어 밥을 사겠다는 제안을 했다. 이 사람은 왜 언덕에서 구르게 되었을까 궁금해진다. '구르기 클럽'이라니 도대체 이들은 어떤 사람들인가?

구르면…… 좋아요?
나는 조심스럽게 물었다. 현경씨는 입고 있던 남색 플리스를 벗었다.
바닥을 온몸으로 구른다는 게 좋아요. 굴러도 앞으로 나아가는 것 말고는 아무 일도 안 일어나니까…… 저는 바닥을 무서워했거든요.[63]

「구르기 클럽」은 명랑만화 같은 감성을 보여주는 콩트 같지만 사실 '시적詩的'이다. 이 짧은 단편소설의 주제는 '바닥'과 그것을 '이겨내는 일'이다. 모두가 두려워하는 인생의 바닥에 대한 이야기이고, 바닥을 친 사람들이 온몸으로 느낀 바닥의 감각에 대한 이야기이다. 소설은 '구르기 클럽'이라는 메타포를 통해 이것을 압축적이고 상징적으로 보여준다.

> 그 사이의 좁은 길을 맨발로 걷다가 문득 굴러보고 싶다는 생각이 들더라. 그래서 나는 정말 일정하게 직선을 그리면서 좁은 길을 앞구르기로 계속해서 굴렀어. 구를 때마다 꼭 바닥이 나를 밀어주는 것 같았어. 나의 전진을 응원받는 기분? 손들이 내 몸을 지그시 앞으로 밀어주는 기분이 들었어.[64]

그런데 바닥은 차갑고 딱딱하기만 한 게 아니라고 한다. "바닥이 나를 밀어주고" "바닥으로부터 전진을 응원받는 기분"이라는 문장은 눈물을 왈칵 쏟게 만든다. 이런 문장을 표현할 수 있는 사람이라면 구급차를 타고 가며 삼겹살 타령을 하든 언덕에서 굴러 가로등에 부딪치든 뭐든 괜찮다. 괜찮다는 말을 반복하다 보면 고단한 사람들을 위로하기 위한 작가의 '시적 정의'라는 것이 어렴풋이 느껴진다. 그 위로는 세상에 대한 긍정과 신뢰를 가져온다. 그렇게 울고 웃으면 못생긴 얼굴은 더 못생겨지지만 그래도 괜찮다. 이런 게 세상에 대한 낙관이다.

소설은 '안산'과 '5년 전'이라는 두 단어를 통해 2014년의 사회적 재난을 암시한다. 우리는 재난 이후를 살아가는 사람들의 고통과 안간힘에 대해 함부로 '아는 척'할 수 없다. 그러나 함께 울고 웃을 수는 있다. 상상력과 공감이 이것을 가능하게 한다.

나는 진심을 다해 부엌의 좁은 복도를 구르다가 벽에 부딪혔을 엄마의 표정을 상상했었다. 엄마에게 다시 찾아온 '힘'의 근원이 그 순간에 있을 것 같아서. 내 상상 속에서 엄마는 대부분이 무표정이었다. 그것도 아니면 시선을 아래로 두고 입을 달싹거리는 엄마 특유의 곤란한 표정. 하지만 이제는 선명하게 떠올릴 수 있다. 자신이 무언가에 이토록 열중했던 적이 있었던가 하는 감탄과 현재만을 살아냈다는 환호.[65]

내가 루틴을 위해 찾아낸 응원의 말도 "자신이 무언가에 이토록 열중했던 적이 있었던가 하는 감탄과 현재만을 살아냈다는 환호"이다. 무언가에 열중하고 현재를 살아내는 일, 그리고 그것을 기뻐하는 일. 이것이 재난 이후를 살아가게 하는 힘이다. 루틴에게도 나에게도 이것이 힘이 되기를 기대해 본다.

루틴의 힘, 달려라 푸드 트럭

운전을 하다 보면 도로 가로등에 불이 켜지는 순간을 맞이할 때가 있다. 갑자기 시야가 밝아지면서 정중한 에스코트를 받는 기분이 든다. 기분 좋은 착각이다. 「구르기 클럽」에서 가장 시적인 순간도 가로등에 불이 켜지는 순간이다. 황당하게 언덕을 굴러온 사람에 의해 고장 난 가로등에 불이 켜지자, 학생들은 학교 커뮤니티에 영상을 올리고 재치 있는 댓글 놀이를 이어간다. "역시 기계는 고장 나면 때리는 게 정답인 듯. 덕분에 밤에도 어둡지 않네요."

　루틴과의 대화에서 가장 시적인 순간은 푸드 트럭이 등장했을 때였다.

　"친구들과 푸드 트럭을 해볼까 해요. 한 곳에 계속 있는 건 지겨울 것 같고…. 이곳저곳 옮겨 다니며 생계를 해결하는 방법으로 푸드 트럭 괜찮지 않아요? 저 1종 면허 있어요."

루틴은 결혼이 아닌 방식으로 인생을 설계하다 보니 함께 살 친구들에 대해서도 생각해 보았고, 친구들과 함께 할 일에 대해서도 상상을 해보았다고 한다. 그러면서 그간 학위 따고 취직하는 방법 말고는 다른 생각을 해보지 못했다는 것도 알게 되었다고. 이제 루틴은 직업으로 자아실현을 하고 정년까지 돈을 벌겠다는 생각을 수정하고 있다. 돈 버는 일에 인생의 대부분을 써버리기보다 차근차근 준비해서 '친구, 여행, 공부' 같이 자신이 좋아하는 것으로 일상생활을 채우고 싶다고 했다.

"푸드 트럭에서 게릴라콘서트 같은 것도 하는 거예요. '오늘은 한강에서 '푸코 쇼'를 합니다'라고 홍보하고 인문학 콘서트를 여는 거죠."

"공부 많이 해야겠다. 레퍼토리가 다양해야 할 것 아냐?"

"요즘 읽고 있는 책들, 예전에는 구경도 못 해봤던 책들인데 재미있어요."

식물학 박사인 루틴은 얼마 전에 『논어』를 공부하고 생애 처음 두 쪽짜리 에세이를 썼다. 그걸 읽으며 나는 어쩐 일인지 눈물을 펑펑 흘렸다. 『논어』가 그렇게 감동적인 책이라는 것을 루틴을 통해 배웠다.

나는 상상해 본다. 루틴이 어두운 계단을 올라갈 때 센서등의 불이 환하게 켜진다. 책상에 앉으면 스탠드 불이 탁 켜진다. 책상에는 푸코, 스피노자, 버틀러 등 책이 산처럼 쌓여간다. 가장 멋진 장면은 푸드 트럭을 운전하는 루틴의 모습이다.

달려라 루틴, 달려라 푸드 트럭!

준비하기·
포기하기

퇴직을 준비하는 K 에게

장강명의 『아무튼, 현수동』을

처방합니다

K의 일

23년간 출퇴근한 사람의 '퇴직을 준비하는 마음'을 내가 이해할 수 있을까? 나는 평생을 비정규직, 프리랜서 강사로 일하고 있기에 23년째 첫 직장에서 근무하고 있는 사람의 '일'에 대한 생각과 느낌을 알아들을 자신이 없었다. 수명이 길어지면서 생활비를 벌어야 하는 시간이 늘어나고, 사람들은 되도록 오래 일하기를 희망한다. 그런데 왜

K는 정년이 10년이나 남아 있는 직장을 그만두려 할까? K의 직장은 연봉과 복지 혜택이 좋은 공기업이다.

K가 취업한 2000년대 초는 대한민국의 디지털 인프라를 구축하던 시기였다. K는 전국 사업소의 프로그램을 디지털로 전환하는 일을 했다. 당시 노트북과 차량이 지급되지 않아 무거운 컴퓨터 본체를 들고 고속버스와 택시를 갈아타며 지방 출장을 다녔다고 회고했다. "아주 무식하게 일했다"라고 농담처럼 말했지만, K의 눈빛에서 찰나처럼 '좋았던 그 시절'을 떠올리는 자랑스러움과 아쉬움이 지나갔다.

그는 일을 좋아하는 사람이었다. 팀으로 몇날 며칠을 밤새며 일하고 프로젝트를 무사히 마칠 때, 급여나 승진과 상관없이 일 자체에서 희열을 느끼는 사람처럼 보였다. 그는 "재미있게 일했다"라고 표현했다. 드라마 〈미생〉의 상사맨들처럼 월급과 상관없이 자기가 '오너'인 양 일하는 월급쟁이들이 있다. '일에 미쳐 있는 사람들' 덕분에 대한민국은 빛의 속도로 성장할 수 있었을 것이다. 그건 보상과 무관하게 '일'이 주는 기쁨이 있기 때문일 텐데, 나는 '그런' 일의 기쁨과 보람을 알지 못한다. 막연히 '좋았겠다'고 짐작되는 정도다.

K는 자신을 브리핑 자료를 잘 만드는 사람이라고 소개했다. 그는 사업의 핵심을 정리할 수 있는 사람이고 그 내용을 딱 한 장에 기가 막히게 요약할 수 있는 사람이기도 했다. 그는 상사가 짧은 시간에 전체 내용을 한 눈에 파악할 수 있도록 한 장짜리 요약본을 만들었다. 이건 상사가 보고 싶어 하는 내용이 무엇인지, 이 사업의 핵심이 무엇인지 파악하고 있는 사람이기 때문에 가능한 작업이었다.

K는 일머리가 좋고 능률적인 프로세스를 추구하는 사람이다. 일을 잘하는 만큼 성과도 따랐다. 업무에서 인정도 받았고 감사 팀에서 일하기도 했다. 승진 가도를 달릴 수 있었는데 그러지 못했다. K는 사내 정치에 능숙하지 못했고 그런 게 체질에 맞지 않는다는 것도 알고 있었다.

그의 이야기를 들으며 주 5일 근무하는 직장인들이 격무에 시달린다고 생각했는데, 그보다 사내 정치와 그에 따르는 심리적 압박이 더한 스트레스라는 것을 조금은 이해할 수 있었다. 선배를 치고 올라가는 것도 어려운 일이지만 후배의 걸림돌이 되지 않기 위해 적당히 진급도 해야 한다. 이런 조직의 생리는 자신의 재량으로만 커버할 수 있는 일이 아니었다. 협력하며 경쟁하는 것은 감정 소모가 심한 고난이도 미션이며, 높은 연봉은 공짜가 아니었다. 회사는 그 값어치를 톡톡히 뽑아냈다. 이건 짐작일 뿐이다. 나는 23년간 매일 출퇴근한 사람의 공허함을 온전히 이해하기 어렵다. 심리적 피로도가 높을 거라는 짐작만 해본다. 그래서 대기업에서 20년 가까이 일하고 있는 친구에게 물어봤다. "업무에서 성과를 내고 인정을 받음에도 불구하고, 또 급여나 보상이 좋은 편임에도 불구하고 공허함을 느끼는 건 왜일까?"라고.

"그런 게 있더라. 지금까지 한 게 일밖에 없는데, 내 성과라고 내보일 수 있는 게 없어. 모든 게 회사의 성과일 뿐이지. 어디에 나의 노동과 기여가 들어가 있는지 찾아볼 수 없을 때 공허해."

친구는 K의 기분을 이해할 수 있을 것 같다고 말했다. 정년이 보장되고 높은 연봉을 받고 있는 친구의 표정에서 가끔 느껴지는 권태로움은 그런 이유에서였던 걸까? 나는 친구를 낯설게 바라봤다. 친구에게는 내가 모르는 그만의 '일의 세계'가 있다. 도대체 '일'은 무엇일까? 기쁨을 주기도 하고 공허함을 주기도 하는.

평일 오전에 인문학 공동체에서 함께 공부하고 있는 친구들과 수목원에 다녀왔다. 가을의 햇빛은 투명하고 바람도 살랑이고 사람 드문 수목원은 한적하고 모든 게 좋았다. 평일 오전에 수목원에 올 수 있는 사람이 얼마나 될까? 정규직 직장에 매이지 않았기에 누릴 수 있는 사치다. 이날 친구들과 나눈 고민은 지금 하고 있는 일의 성과나 보상이 너무 미미하거나 눈에 보이지 않는다는 아쉬움이었다. 연봉이나 직급으로 말해줄 수 있는 것들이 우리에게는 없다. 이건 다른 사람들에게 내보이기 어려울 뿐 아니라, 스스로에게도 무슨 일을 어느 정도 하고 있는지 가늠하기 어려운 곤란함이 있다.

막연하면 불안해진다. 자신의 기준에 맞춰 스스로 속도를 조절해 가는 일을 하는 사람의 어려움이다. 이날 우리는 수목원의 기분 좋은 바람과 나무 냄새 때문에 평소보다 너그럽게 서로의 어려움에 공감할 수 있었다. 이걸 해결할 수 없지만 이런 걸로 힘든 건 그럴 만한 일이라는 공감. 만약 우리가 사람 많고 시끄러운 스타벅스에 있었다면 서로에게 공격적이 되었을지도 모른다.

K의 동네

"아버지가 공무원이셨어요. 예전에는 55세에 퇴직을 했죠. 지금 생각하면 굉장히 젊은 나이인데 55세에 퇴직한 아버지가 80세인 지금까지 아무 일도 하지 않으세요. 아버지를 생각하면 나도 퇴직 후에 아무것도 하지 않게 될까 봐 두려워요. 뭘 새롭게 시작한다는 건 어려운 일인 것 같아요."

K는 아버지를 비롯해서 정년을 맞은 사람들을 지켜봤다고 한다. 육십 대에 그간 다녔던 직장을 그만두면 새롭게 다른 분야의 일을 시작하기에는 늦은 감이 있었다. 지금 하고 있는 일을 계속 할 수 있는 게 아니라면, 언젠가 끝이 있는 일이라면 그 다음을 준비해야 한다. 그걸 퇴직 후에 생각하면 늦다는 것이 K의 결론이다. 그래서 마음이 바빠졌다. 퇴직 전에 무엇을 할지 정하고 준비해서 '생의 전환'을 맞이하고 싶다.

"퇴직 후에는 지금까지와 다른 방식으로 살아보고 싶어요. 무료 급식소에 자원봉사를 가거나 노인들 목욕을 도와드리는 일이 아니라 내가 할 수 있는 일을 활용하고 싶어요. 노인들에게 컴퓨터에 대해 알려드리거나 지역공동체에서 컴퓨터 관련 일을 하는 것도 좋을 것 같아요. 작은 공동체에도 이런 일을 전담하는 인력이 필요해 보여서요. 또 제가 좋아하는 목공 기술로 작은 가구를 만들거나 수리하는 방식도 있을 것 같고요. 여기까지 생각해 봤어요. 이걸 어떻게 해야 할지는 아직 모르겠어요."

그래서 K는 올해 비대면으로 진행되는 지자체의 공익활동가 교육과정에 참여했다.

"제가 살고 있는 지역은 문화적으로 불모지예요. 시민들을 위한 커뮤니티 공간이나 활동이 거의 없어요. 작은 공간이라도 마련해서 사람들이 모이고 함께할 수 있는 일을 해보면 좋지 않을까요?"

K는 드라마 〈나의 아저씨〉에서 정희의 술집으로 모이는 동네 친구들의 모습이 좋았다고 했다. 성공하지 않아도, 실패해도 그렇게 모여서 지낼 수 있으면 되는 것 아니냐고. 밤마다 모여 술을 마시고 일요일이면 모여서 축구를 하는, 여자들은 진저리 치지만 남자들은 환호하는 드라마 속 동네 '후계동'. K는 드라마 〈나의 아저씨〉의 후계동 같은 동네를 꿈꾸고 있을까? 드라마 속 남자들과 달리 K는

술을 좋아하지 않는다. 아마도 K가 꿈꾸는 아지트는 술과 축구로 돈독해지는 공간은 아닐 것이다.

'현수동' 상상하기

> 현수동이라는 동네는 실존하지 않는다. 하지만 나는 현수동에 대해 자주 생각한다. 다시 말해, 상상한다. 현수동에 대해 상상할 때마다 그 상상에 빠져든다. 그 동네를 사랑한다. 에, 이런 얘기가 좀 변태적으로 들리려나? 하지만 인간은 존재하지 않는 것을 사랑할 수 있다. 소설의 등장인물이라든가, SF 영화의 무대라든가…… 그렇게 내게 현수동은 실존하지 않지만 '생각만 해도 좋은, 설레는' 대상이다. (중략) 가상의 동네인 주제에 현수동은 위치가 꽤 구체적인데, 대강 서울 지하철 6호선 광흥창역 일대다.[66]

장강명의 에세이집 『아무튼, 현수동』은 가상의 도시 '현수동'에 대한 저자의 기분 좋은 상상으로 가득한 글이다. 나는 장강명의 단편소설 「현수동 빵집 삼국지」에서 현수동과 처음 만났다. 그때는 어딘가에 실제로 있는 지명인 줄 알았다. 『아무튼, 현수동』을 읽고서야 그곳이 서울 지하철 6호선 광흥창역 일대를 실제 모델로, 그 근방의 현석동과 신수동에서 한 글자씩 따서 작가가 작명한 이름이란 걸 알게 됐다. 이 근방에 살 때 장강명은 결혼도 하고, 문학상을 받아 소설가로 데뷔도 하고 회사를 그만두고 전업 작가의 길로 접어들었다. 그러니 현수동은 장강명이 애정하는 동네이다.

그는 『아무튼, 현수동』에서 전직 기자답게 광흥창역 일대의 역사, 유명인, 지리적 특질에 대해서 사실적으로 훑어보기도 하고 교통, 상권, 도서관을 키워드로 소설가답게 자신이 희망하는 도시의 모습을 상상하기도 한다. 그가 상상하는 현수동은 '직주근접'을 넘어 '직주 일치' 동네이다. 집과 직장의 평균 통근 시간이 16분을 넘지 않는 거리에 있다. 주거지역과 상업지역이 구분되어 있는 오늘날 대부분의 도시와 달리 지역 상권이 살아나고 자동차가 필요 없는 도시이다. 먼 거리까지 쇼핑이나 외식을 하러 나갈 필요 없이 동네에서 해결하면 자동차 이용을 줄일 수 있다. 장강명은 여기서 더 나아가 '부, 경쟁, 성공'의 동의

어인 '가속'의 라이프스타일을 '저속'이나 '감속'으로 바꿀 수 있지 않을까 상상한다. 자동차 없는 거리는 가치관과 라이프스타일의 변화가 수반되어야 가능한 상상이다. 이건 너무 낭만적이거나 터무니없는 상상일까? 그럼 이건 어떨까?

꿈같은 소리를 늘어놓자면, 현수동에서는 주민들의 대다수가 이런저런 독서 모임에 가입해 있다. 현수도서관은 다양한 북클럽이 결성되고 회원을 모집하고 읽을 책을 정하고 기록을 남기는 플랫폼이다. 현수도서관은 연합 동아리를 구성하고, 작가를 초청하고, 비블리오 배틀 대회를 열어준다. (중략)

현수동 북클럽 회원들은 서로의 안부를 궁금히 여기게 된다. 동시에 그들은 혼자 있는 시간에도 덜 외롭다. 심지어 덜 공허하다. 독서 모임에서 다룰 책을 읽고, 이웃이 적은 발제문에 대한 자신의 답을 고민하기 때문이다. 다른 동호회가 아닌 독서 모임에는 그런 힘이 있다. 현수동 사람들은 책을 통해 이웃과 엮이고, 멀리 떨어진, 때로는 저세상에 있는 작가와 만나며, 인류의 지혜와 연결된다.[67]

장강명은 공공 도서관이 지역공동체를 활성화하는 '로컬크리에이터'로서의 역할을 맡아야 한다고 생각한다. 실제로 이미 많은 도서관이 사서와 활동가의 노력으로 지역 팟캐스트를 운영하거나 주민 참여 프로그램을 정기적으로 열고 있다. K가 퇴직 후 하고 싶은 일도 장강명의 상상과 같은 일이라는 생각이 들었다. 동네 친구와 책을 읽고 차도 마시고 고민도 나눌 수 있는 모임과 공간을 만드는 일.

K는 도서관이 아니라 인문학 공동체를 찾아갔다. K 혼자가 아니라 부부가 함께. 두 사람은 인문학 공동체에서 공부하며 학교 다닐 때와는 다른 공부와 우정을 경험하고 있다. 몇 년의 준비를 거쳐 본인들이 사는 동네에 재미있는 공간을 마련하는 것이 부부의 계획이다. 이것은 마음만 먹는다고 되는 일은 아니고 누군가가 물리적으로 시간과 마음을 내야 하는 일이다. 그러고 보면 K의 좀 이른 퇴직은 놀랍다기보다 자연스러운 수순이기도 하다.

준비하기 · 포기하기

『아무튼, 현수동』에서는 상상이 아니라 내가 살고 싶은 동네에 대해 써보려 한다. 현수동은 낙원은 아니다. 이곳에서 사람들은 서로 갈등하고, 배우자 몰래 바람을 피우고, 병에 걸린다. 법을 슬쩍, 혹은 대담하게 어기는 사람도 있다. 그럼에도 불구하고 현수동은 풍경이 아름답고, 선량하고 양식 있는 사람들이 사는, 사랑스러운 동네다. (중략) 광흥창역 일대가 현수동이 되려면 포기해야 할 사항도 상당하다. 어떤 종류의 풍요와 편리함은 손에서 놓아야 할 텐데, 쉽지 않다. 그런 얘기들도 써보려 한다.[68]

K 부부에게는 초등학생 딸이 있고 대학 입학 전까지는 딸의 교육을 책임져야 한다. 가족 가운데 치료비가 많이 드는 질병에 걸릴 경우를 대비해 어느 정도의 자금을 저축해 둬야 안심이 될지 계산이 어렵다. 다행히 부부는 대한민국 중산층이 가장 많은 에너지를 소모하는 부동산과 교육 문제에 관심이 적다. 골프나 해외여행 같은 취미 생활을 즐기지도 않는다. 맞벌이 부부로 버는 수입에 비해 지

출은 소박한 편이다. K의 퇴직 후에도 부인은 계속 일을 할 예정이고, 지출이 크지 않기 때문에 가정경제는 유지될 수 있으리라 예상된다.

지금과는 다른 라이프스타일로 연착륙하기 위해 K가 걱정해야 할 것 가운데 우선 경제적인 문제는 제외된다. 그보다는 오십 대 남자가 '명함' 없이, '연봉' 없이 지내는 생활에 대해 스스로 만족할 수 있을까 하는 '인정'의 문제가 남았다. 명함과 연봉은 경제력뿐 아니라 사회적 인정을 포함하고 있다. K는 팔십 대 부모님에게 자신의 이른 퇴직을 납득시킬 수 있을까? 직함이 아니라 '아저씨' 또는 '누구 아빠'로 호칭되는 것을 아무렇지 않게 받아들일 수 있을까? 출근하는 부인을 위해 아침밥을 차려줄 수 있을까? 23년간 '회사 인간'으로 구축되었던 인프라를 허물고 다른 인프라를 구축할 수 있을까?

부모님은 공무원과 교사였고 강남 8학군에서 중고등학교를 마쳤다는 청소년기의 이야기를 들으며, 그를 '범생'일 것이라 짐작했다. 그런데 아니란다. 질풍노도의 시절, '하라는 대로' 하기 싫어 반항을 많이 한 '문제아'였다고 실토했다. 물론 그는 대학에 진학하고 취업을 하고 결혼을 하며 사회화가 잘 된 성인 남자로 안정적으로 살고 있다. 그렇지만 '내가 정말 좋아하는 일은 무엇일까?' 하는 인생의 비밀 또한 궁금해하고 있다.

내가 느끼지 못하는 필요와 욕망을 빅데이터가 먼저 알려주는 시대, 아직 호기심이 남아 있다는 사실 자체가 행운이다. 한때 '문제아'였던 야성의 잠재력을 발휘해 '내가 정말 좋아하는 일은 무엇일까' 하는 호기심을 쫓아가 보자. 부동산 시세와 주가와 자식의 성적이 아니라 '퇴직 후에 뭘 할까' 골똘히 생각하는 그가 부럽다. 고민하고 걱정하기보다는 퇴직 후를 준비하는 지금의 설렘과 두근거림을 즐겨보자.

K는 복도 많지!

질병은 인생의 우선순위를 바꾸게 한다

문학처방전은 2020년부터 2023년까지 4년에 걸쳐 진행됐다. 처음에는 한 달에 한 편, 늦어도 두 달에 한 편은 완성하려고 했는데, 중간에 긴급히 처리해야 할 일이 생기면 곧바로 내 일정에서 밀려났다. 강제력을 갖는 일이 아니었기 때문에, 우선순위에서 밀려나기 일쑤였다.

의도치 않은 장기프로젝트를 진행하며, 많은 변화가 있었다. 팬데믹이 시작되어 마스크, 백신, 사회적 거리두기,

비대면 같은 용어가 생활 속으로 쑥 들어왔다. 팬데믹이 끝나갈 무렵엔 '보복소비'라는 새로운 유행어가 등장했고, 오티티OTT라는 글로벌 콘텐츠 공급망이 정착했다.

4년이 지나는 동안, 내가 문학처방전을 계기로 만났던 친구들의 사정도 많이 달라졌다. 육아스트레스를 호소했던 친구의 아이들은 초등학생에서 중학생이 되었고, 암 진단을 받고 항암치료를 시작했던 친구는 항암치료와 수술을 마치고 정기검진을 받고 있다. 혼자 계신 친정어머니의 돌봄문제로 심란해했던 친구는 지난여름 장례식을 치르고 어머니와 이별을 맞이했다. 그 가운데 '글을 썼으면 좋겠다'는 코멘트를 남겼던 친구는 정말 책을 내고 작가가 되었다. 진로를 고민했던 친구는 2년차 직장인이 되어 회사 복지포인트로 산 물건들을 택배로 보낸다. 직장 가까이 이사를 가서 이제는 자주 볼 수 없는 친구도 있다. 그리고 그 사이 나도 '만성신부전' 진단을 받고 환자 대열에 합류했다. 이때 문학처방전을 위해 만났던 친구들의 디테일한 이야기들이 도움이 됐다. 문학처방전은 나에게 선행학습 같은 거였다. 막연한 두려움과 불안에 사로잡히지 않고 나에게 주어진 조건(식단을 바꾸고, 혈압을 체크하고, 약을 먹고, 세 달에 한 번씩 외래진료를 가는)을 차분하게 받아들일 수 있게 되었다. 질병은 우리에게 질문한다. "네 인생에서 가장 중요한 게 뭐야?" 이런 질문은 인생의 우선순위를 바꾸게 하고, 스케줄을 바꾸게 하고, 생활을 바꾸게 한다. 질병은 지긋지긋한 일상생활을 리셋해 볼 수 있는 기회이기도 하다.

문학처방전을 쓰며 어떤 결말을 미리 예상하지 않았다. 만나서 우리가 한 이야기들이 그냥 흘러가는 데로 내버려 두었고, 이야기가 도달한 곳에서 해법을 찾아보려 했다. 이걸 나 혼자 고민할 필요도 없었다. 친구의 이야기에 적합한 소설을 찾는 일이 나의 몫이었고, 그 다음은 소설이 알아서 마무리했다. 간혹 내가 선택한 이유와 다른 의미로 상대가 소설을 독해하는 경우도 있었지만, 나쁘지 않았다. 그 사람이 지금 이 소설을 이렇게 읽고 싶어 하는구나, 확인하는 것만으로도 그 사람을 이해하는 데 도움이 됐다. 한 편의 소설을 읽으며 우리는 우리에게 주어진 문제를 '거리'를 두고 바라보는 기회를 가졌다. 복잡하게 얽혀 보이는 문제에 함몰되지 않고, 비슷한 상황을 떠올려보기도 하고, 내 문제를 달리 해석해볼 수 있는 구석이 있는지 살펴보는 시간을 가졌다.

최근 몇 년 동안 나는 정말 실용적인 목적으로 소설을 읽었다. 같은 하늘 아래 비슷한 문제로 고민하며 그것을 소설로 써준 사람이 있다는 사실이 너무 반갑고 고마웠다.

문학처방전은 애매모호한 글이다. 질병에 대한 유용한 가이드라인을 제시하지도 않는다. 아는 사람들끼리만 이해하고 공유될 수 있는 '사적인' 글이기도 하다. 느린서재 최아영 편집자의 제안이 아니었다면, 책이라는 물성을 갖추지 못했을 것이다. 덕분에 약국에서 시작된 '문학처방전'은 서점에서도 찾을 수 있는 책이 되었다. 마음을 보태준 모든 분께 감사드린다.

'우리 책이 나왔습니다.'

2024년 1월, 박연옥

미주

1 정세랑, 『보건교사 안은영』,
민음사, 12~13쪽

2 『보건교사 안은영』, 50쪽

3 『보건교사 안은영』, 185~187쪽

4 김금희, 「우리가 헤이, 라고
부를 때」, 『나는 그것에 대해 아주
오랫동안 생각해』, 마음산책, 71쪽

5 「우리가 헤이, 라고 부를 때」,
『나는 그것에 대해 아주 오랫동안
생각해』, 79쪽

6 박상영, 『순도 100퍼센트의
휴식』, 인플루엔셜, 99~100쪽

7 『순도 100퍼센트의 휴식』,
101~102쪽

8 『순도 100퍼센트의 휴식』,
221~222쪽

9 『순도 100퍼센트의 휴식』,
15~16쪽

10 『순도 100퍼센트의 휴식』,
222쪽

11 김초엽, 「감정의 물성」, 『우리가
빛의 속도로 가지 못한다면』, 허블,
193~194쪽

12 주부의벗사, 『혈압을 낮추는
밥상』, 2018년, 전나무숲

13 김초엽, 「나의 우주 영웅에
관하여」, 『우리가 빛의 속도로 가지
못한다면』, 299쪽

14 「나의 우주 영웅에 관하여」,
『우리가 빛의 속도로 가지
못한다면』, 303쪽

15 「나의 우주 영웅에 관하여」,
『우리가 빛의 속도로 가지
못한다면』, 316~319쪽

16 최정화, 「잘못 찾아오다」, 『모든
것을 제자리에』, 문학동네, 62쪽

17 「잘못 찾아오다」, 『모든 것을
제자리에』, 83쪽

18 B의 브런치에서

19 장류진, 「일의 기쁨과 슬픔」,

『일의 기쁨과 슬픔』, 창비, 44쪽

20 임교환, 『요통/디스크 스스로 고칠 수 있다』, 동락

21 『요통/디스크 스스로 고칠 수 있다』, 19쪽

22 장류진, 「탐페레 공항」, 『일의 기쁨과 슬픔』, 193쪽

23 「탐페레 공항」, 『일의 기쁨과 슬픔』, 211쪽

24 김영하, 『여행의 이유』, 문학동네, 164~165쪽

25 『여행의 이유』, 178쪽

26 『여행의 이유』, 185쪽

27 황정은, 『일기』, 창비, 41쪽

28 『일기』, 133~134쪽

29 『일기』, 20쪽

30 『일기』, 47쪽

31 이송주, 『장 건강하면 심플하게 산다』, 레몬북스

32 김봉현, 『오늘도 나에게 리스펙트』, 한겨레출판, 176~177쪽 참조

33 『오늘도 나에게 리스펙트』, 181쪽

34 백민석, 「멍크의 음악」, 『버스킹!』, 창비, 197~198쪽

35 「멍크의 음악」, 『버스킹!』, 201쪽

36 김봉현, 『래퍼가 말하는 래퍼』, 부키, 25쪽

37 글배우, 『지쳤거나 좋아하는 게 없거나』, 강한별

38 백수린, 「폭설」, 『여름의 빌라』, 문학동네, 125쪽

39 「폭설」, 『여름의 빌라』, 135~136쪽

40 강화길, 「음복」, 『화이트 호스』, 문학동네, 12쪽

41 「음복」, 『화이트 호스』, 35~36쪽

42 윤이형, 「작은마음 동호회」, 『작은마음동호회』, 문학동네, 9~10쪽

43 윤이형, 「루카」, 『러브 레플리카』, 문학동네, 150쪽

44 김보라, 『비생산적인 일의 생산성』, 스리체어스

45 앵무, 『초년의 맛』, 창비

46 김세희, 「가만한 나날」, 『가만한 나날』, 민음사, 108쪽

47 「가만한 나날」, 『가만한 나날』, 107쪽

48 권여선, 「재」, 『아직 멀었다는 말』, 문학동네, 220쪽

49 「재」, 『아직 멀었다는 말』,

199~200쪽

50 「재」, 『아직 멀었다는 말』,
209~210쪽

51 「재」, 『아직 멀었다는 말』,
214~215쪽

52 하명희, 「종달리」, 『고요는 어디
있나요』, 북치는소년, 223쪽

53 「종달리」, 『고요는 어디 있나요』,
222~223쪽

54 이주란, 「넌 쉽게 말했지만」, 『한
사람을 위한 마음』, 문학동네, 59쪽

55 「넌 쉽게 말했지만」, 『한 사람을
위한 마음』, 53쪽

56 「넌 쉽게 말했지만」, 『한 사람을
위한 마음』, 51쪽

57 레이먼드 카버, 「내가 전화를
거는 곳」, 『대성당』, 문학동네,
200~201쪽

58 레이먼드 카버, 「별 것 아닌 것
같지만, 도움이 되는」, 『대성당』,
문학동네, 127쪽

59 배수아, 「어느 하루가 다르다면,
그것은 왜일까」, 『어느 하루가
다르다면, 그것은 왜일까』, 문학동네,
414쪽

60 「어느 하루가 다르다면, 그것은
왜일까」, 『어느 하루가 다르다면,

그것은 왜일까』, 463~465쪽

61 「어느 하루가 다르다면, 그것은
왜일까」, 『어느 하루가 다르다면,
그것은 왜일까』, 473쪽

62 나수경, 「구르기 클럽」, 『문학3』,
창비, 190~191쪽

63 「구르기 클럽」, 『문학3』, 194쪽

64 「구르기 클럽」, 『문학3』, 199쪽

65 「구르기 클럽」, 『문학3』, 201쪽

66 장강명, 『아무튼, 현수동』, 위고,
9~10쪽

67 『아무튼, 현수동』, 135~136쪽

68 『아무튼, 현수동』, 17~18쪽

문학처방전
ⓒ 박연옥 2024

초판 1쇄 발행 2024년 1월 17일
초판 2쇄 발행 2024년 7월 19일

지 은 이	박연옥	펴 낸 곳	느린서재
펴 낸 이	최아영	출판등록	제2021-000049호
		전　　화	031-431-8390
교　　정	김선정	팩　　스	031-696-6081
디 자 인	데일리루틴	전자우편	calmdown.library@gmail.com
인쇄제본	넥스트프린팅	인 스 타	calmdown_library
		뉴스레터	calmdownlibrary.stibee.com

ISBN　979-11-981944-6-6 03800